www.tredition.de

AF217677

There is no king who has not had a slave among his ancestors, and no slave who has not had a king among his.

Helen Keller

Marie Le Fleur

Das wahre Leben eines großen Königs

Eine besondere Zwiesprache mit Karl dem Großen

www.tredition.de

© 2017 Marie Le Fleur

Verlag und Druck: tredition GmbH, Halenreie 42, 22359 Hamburg

ISBN
Paperback   978-3-7439-2044-6
Hardcover   978-3-7439-2045-3
e-Book   978-3-7439-2046-0

Druck in Deutschland und weiteren Ländern

ZU DIESEM BUCH

Im Laufe ihrer Ahnenforschung begegnet der Autorin ihr Vorfahre Karl der Große eines Nachts im Traum. Dieser unterbreitet ihr ein Angebot. Nach großer anfänglicher Skepsis greift sie die Möglichkeit auf, mit dieser historischen Persönlichkeit via moderner Medien zu kommunizieren und es entwickelt sich ein spannender und einfühlsamer Dialog, der sich auf bisher ungeklärte Fragen im Leben Karls bezieht.

Der einstige König der Franken nutzt diesen ungewöhnlichen Kontakt, zu zahlreichen Ereignissen seines Lebens Stellung zu nehmen. Schon bald zeigt sich der Mensch Karl mit all den Widersprüchen und Verpflichtungen, in die er in seiner Familie, seiner Zeit und seiner Rolle als Herrscher und Vater Europas eingebunden war.

Als *Seniorexperte* gibt er darüber hinaus hilfreiche Hinweise zur gegenwärtigen Situation in Europa, da ihm seine Vision eines geeinten Kontinents auch heute noch am Herzen liegt.

Wie fast jeder heranwachsende junge Europäer, jede Europäerin erfuhr ich vom Leben und Wirken Karls des Großen im Geschichtsunterricht. Seitdem ist mir bekannt, dass diese historische Persönlichkeit einst als König und Kaiser das Land regierte. Carolus Magnus, wie sein lateinischer Name lautete, war König der Franken, König der Langobarden, Kaiser des römischen Reiches, kurzum *die* Herrschergestalt des Mittelalters. Heute gilt er vielen als der Vater Europas.

Da ich mich seit jeher für Geschichte interessierte, hatte ich inzwischen einiges mehr über ihn in Erfahrung gebracht. Eine besondere Rolle spielte er in meinem Leben allerdings nicht. Das änderte sich, als es mir mit Hilfe des Internets gelang, die Ahnenreihe meiner Mutter bis hin zu Karl dem Großen zurückzuverfolgen. Somit rückte dieser erneut in den Fokus meiner Aufmerksamkeit. Diese Entdeckung steigerte mein Interesse für König Karl und ich begann damit, sein Leben zu erforschen, mit dem Ziel, die Wahrheit über ihn und sein Wirken im frühen Mittelalter herauszufinden.

Im Fokus meines Interesses steht die Frage:

Was für ein Mensch war Karl der Große, jenseits seiner Rolle als König, Kaiser und Visionär?

Kapitel 1

So brennend mich diese Frage auch beschäftigte, sah ich ein, dass ich realistisch betrachtet keine Chance hatte, etwas zur Persönlichkeit meines Urahnen in Erfahrung zu bringen. Bedauerlicherweise haben wir nicht die Möglichkeit, unsere Altvorderen persönlich kennen zu lernen. Karl der Große starb vor eintausend zweihundert Jahren im Jahre 814.

Wäre ich in der Lage, durch die Zeiten zurück ins frühe Mittelalter bis zur Epoche der Karolinger zu reisen, würden sich meine Fragen beantworten lassen. Ich könnte meine Ahnen aufsuchen und sehen, wie sie in ihrer Welt zu ihrer Zeit lebten und in Erfahrung bringen, was sie dachten, wie sie fühlten und handelten. Vielleicht wäre es mir sogar möglich, in ihrer raumzeitlichen Dimension zu landen und ihre physische Umwelt zu empfinden, die Luft zu riechen, das Wasser der Quellen zu schmecken und die Natur zu erleben, wie sie damals gewesen ist.

Auf diese Weise würde ich auch König Karl begegnen, vielleicht auf einer seiner vielen Reisen durch das Land oder in einer seiner Pfalzen. Ich könnte ihm die Fragen, die mich beschäftigen, persönlich unterbreiten und würde schließlich erkennen, was für ein Mensch Karl zu seiner Zeit gewesen ist, jenseits seiner Rolle, die er für die Entstehung der europäischen Idee eingenommen hat.

Realistisch betrachtet blieben mir jedoch lediglich die Informationen der Geschichtsbücher. Da war zunächst die Originalquelle, das Buch seines Chronisten *Einhard*, die *Vita Caroli Magni*. Einhard, der sich zum Ziel gesetzt hatte, die Biographie Karls des Großen zu erstellen, schrieb seine Erinnerungen etwa zwanzig Jahre nach dessen Ableben auf. Nicht nur der zeitliche Abstand führte zu subjektiven Verzerrungen der Darstellung der Ereignisse. Einhard neigte, bedingt durch die Nähe und Freundschaft zu seinem König dazu, diesen zu idealisieren. So stellte er die Ereignisse im Nachhinein so dar, dass der Kaiser nahezu perfekt und stellenweise übermenschlich erscheint.

Darüber hinaus standen mir die Forschungsergebnisse der Historiker zur Verfügung. Zudem existieren zahlreiche Dokumentationen und Berichte über Kaiser Karl, die sich inhaltlich oft unterscheiden und nur wenige Aussagen über den Menschen Karl treffen. Meine Studien führten zu der nüchternen Feststellung, dass die historische Wahrheit im Dunkeln der Geschichte liegt und dort nach menschlichem Ermessen für immer verborgen bleiben wird. So traf ich die Entscheidung, mich mit dieser unerschütterlichen Tatsache abzufinden.

Mittlerweile neigte sich der Sommer des Jahres 2007 seinem Ende zu. Entgegen aller Vernunft und mit der tiefen Einsicht in die Aussichtslosigkeit meines Plans, die historische Wahrheit zu ergründen, hatte ich mich dennoch weiterhin intensiv mit Karl dem Großen beschäftigt. Ich las Sekundärliteratur, sah Dokumentationen und notierte mir Fragen, die mich beschäftigten. König Karl folgte mir sogar in meine Träume.

So fand ich mich einmal im Traum in einem Buchenwald in der Nähe der Aachener Königspfalz wieder. Sobald ich Gewissheit darüber erlangt hatte, wo ich gelandet war, beschloss ich, König Karl aufzusuchen, um ihn persönlich kennenzulernen und ihm meine Fragen zu seinem Leben und Wirken zu unterbreiten.

Ich verließ den Wald und erblickte zunächst die Hütten der Bauern, die von Wiesen umgeben waren, auf denen das Vieh weidete. Auf den Feldern waren die Unfreien und ihre Familien mit der Ernte beschäftigt. Von Westen her näherte ich mich der Königspfalz. Zunächst besichtigte ich die Ställe für die Pferde, die Unterkünfte der Bediensteten und einige Wirtschaftsgebäude. Mir fiel auf, wie lebhaft es hier zuging, ein Gewimmel von Menschen und Tieren. Es standen wohl wichtige Ereignisse ins Land. Ich hörte das Rufen und Schreien der Kinder, die fremden Sprachen der Reisenden. Von weiter her vernahm ich die Gesänge der Mönche. Diesen folgend betrat ich durch das Torhaus, in dem sich der Gerichtssaal befand, den Innenhof.

Als erstes erblickte ich einige Knappen, die sich im Schwertkampf übten und um die Anerkennung eines Ritters wetteiferten, der die Situation mit kritischem Blick begutachtete. Nachdem ich dem Geschehen eine Weile zugeschaut hatte, bewegte ich mich in südlicher Richtung weiter, um die Umgebung zu erforschen und nachzuschauen, ob ich König Karl irgendwo erblicken konnte. Bei meinem Rundgang fiel mir auf, dass die Bauarbeiten am Oktagon, der Pfalzkirche, die später einmal zum Kerngebäude des heutigen Aachener Doms werden würde, noch nicht vollständig abgeschlossen waren.

Auf dem Platz, auf dem später das Studienzentrum mit der Bibliothek und dem Archiv erbaut werden sollte, lagen Unmengen von Baumaterialien und Werkzeugen herum. Zahlreiche Handwerker waren dort beschäftigt. Nachdem ich dem Treiben auf der mittelalterlichen Baustelle eine Weile zugesehen hatte und König Karl nirgendwo entdecken konnte, beschloss ich, die zentralen Gebäude des *Palatiums* aufzusuchen in der Hoffnung, ihn dort anzutreffen.

In meinem Traum bewegte ich mich frei und konnte mir so die gesamte Anlage genau ansehen. Ich passierte die Garnisonsgebäude für die Elitetruppen, ebenso die Wohngebäude für die hohen Gefolgsleute und erblickte schließlich den *Granusturm*, der als höchstes Gebäude des *Palas* herausragte. Vielleicht befanden sich hier König Karls private Wohnräume. Mein Blick schweifte nach links zur *Aula Regia*, der Königshalle, in der der König Hof hielt und der als Versammlungsort für den gesamten Hofstaat diente.

In den Arkaden, die unterhalb des Gebäudes im Erdgeschoss errichtet worden waren, fielen mir einige hochgestellte Damen auf, die in Gewändern aus kostbarem Tuch und farbigen Stoffen gekleidet dort entlang schritten.

Als ich meinen Blick nach oben richtete, entdeckte ich an einem Fenster der *Aula Regia* König Karl. Umgeben von seinem Gefolge war er offensichtlich mit Regieren beschäftigt, da er sich mit einigen von ihnen im intensiven Gespräch befand. Sprachfetzen drangen an mein Ohr, wobei ich heraushören konnte, dass sich die illustre Gesellschaft in lateinischer Sprache unterhielt.

Trotz meiner großen Freude, König Karl erblickt zu haben, leuchtete mir umgehend ein, dass ich diesen Kreis nicht stören durfte. Also beschloss ich, mich in den schattigen Bogengang unterhalb der Königshalle zurückzuziehen, um ein wenig auszuruhen und derweil einen Plan zu schmieden, wie ich es anstellen konnte, dem König zu begegnen. Dabei hatte ich keinesfalls eine genaue Vorstellung davon, ob und wie mir dieses gelingen würde.

Nachdem ich an dieser Stelle eine Weile auf einem Sims in der Nähe einer Säule gesessen hatte, bemerkte ich, wie sich eine ältere Person aus der Gruppe der edlen Damen löste und in meine Richtung bewegte. Freundlich lächelnd sprach sie mich an und erkundigte sich nach dem Zweck meiner Anwesenheit. Obwohl ich sie niemals zuvor gesehen hatte, fasste ich sofort Vertrauen zu ihr und wagte es, ihr mein Anliegen vorzutragen. Sie überlegte kurz und sprach:

„Ich sehe eine Möglichkeit, wie ich dir helfen kann, obwohl du eine Frau bist. Heute am Abend findet in der großen Halle ein Gastmahl statt. Es ist allerdings nicht üblich, dass Frauen daran teilnehmen, doch ich werde einen Weg finden, wie du dort hingelangen kannst. Vertraue mir."

Daraufhin entfernte sie sich und kam kurze Zeit später mit einem Bündel zurück, welches sie mir mit den Worten überreichte:

„Bekleide dich mit diesem Gewand, setze den Turban auf und finde dich nach Sonnenuntergang am Eingang der *Aula Regia* ein. Ich werde eine meiner Enkelinnen bitten, dich zur Tafel zu geleiten. Dort wirst du in der Nähe des Königs Platz nehmen können und die Gelegenheit erhalten, mit ihm zu sprechen."

Glücklich über diese Unterstützung dankte ich ihr und versprach, pünktlich an der verabredeten Stelle zu sein. Die nächste Zeit verharrte ich im Bogengang und wartete gespannt darauf, die Sonne am Horizont versinken zu sehen. Als es endlich soweit war, warf ich das Gewand über, das aus sehr feinem orientalischem Stoff geschneidert war, bedeckte meinen Kopf mit dem gleichfarbigen Turban und begab mich zum Eingang der Königshalle.

Von dort aus konnte ich sehen, dass sich der gesamte Hofstaat bereits eingefunden hatte. Ich beobachtete, wie die edlen Damen die hohen Gefolgsleute des Königs nach und nach zur Tafel begleiteten. Sie plauderten eine Weile mit den Herren. Es herrschte eine ausgelassene Stimmung. Eine junge Frau mit rötlichem Haar schritt auf mich zu und führte mich augenzwinkernd zu dem Platz, der sich links von dem des Königs befand.

Als die Bediensteten mit dampfenden Schüsseln und Platten voller Wildbret, Gebratenem, Suppen, Gemüsen und Schalen, beladen mit Früchten den Raum betraten, zogen die Damen sich in einen Nebenraum zurück, wo sie getrennt von den Männern ihr abendliches Mahl einnehmen würden.

König Karl bemerkte mich sofort, wohl auch aufgrund meiner Verkleidung. Er schaute mich mit großen wachen Augen interessiert an und erkundigte sich nach dem Grund meiner Anwesenheit. Ganz flüssig und ungeniert antwortete ich, in die Aachener Pfalz gereist zu sein, um mehr über sein Leben und seine Person zu erfahren und bat ihn, ein wenig Zeit zu erübrigen, um mit ihm sprechen zu können. Dabei wurde ich den Eindruck nicht los, dass er in meine Maskerade eingeweiht war. Obwohl ich in Männerkleidung angetreten war, sprach ich doch mit meiner weiblichen Stimme. Darüber zeigte er keinerlei Anzeichen von Verwunderung, sondern sagte mit einem Schmunzeln:

„Ja. Kurz."

„Ich möchte gerne wissen, was für ein Mensch du bist", kam ich gleich zur Sache, um die Zeit zu nutzen, ihn persönlich sprechen zu können.

„Ich bin ich und ich bin sehr bald Teil eurer Welt wieder", entgegnete er, als sei es üblich, dass man ihn auf diese sehr direkte Art ansprach. Obwohl mir nicht einleuchtete, was genau er mit dieser Antwort zum Ausdruck bringen wollte, sagte ich frei heraus:

„In meiner Zeit sehen dich viele als eine höchst umstrittene Persönlichkeit."

„Ja. Es gab die, die mich liebten und die, mich hassten", antwortete er.

„Ich möchte gerne erfahren, wer du *wirklich* bist", wiederholte ich mein Anliegen.

„Du weißt, wer ich bin. Du denkst oft an mich. Ich vernehme es", war seine verblüffende Antwort.

„Das trifft zu", bestätigte ich seine Feststellung und erkundigte mich: „Ist es in Ordnung für dich, wenn ich mich mit deinem Leben und Wirken beschäftige?"

„Ja. Mein Segen ist mit dir."

Nach diesem kurzen Dialog wandte er sich seinem Tischnachbarn zur Rechten zu und ich fand Gelegenheit, die köstlichen Speisen zu probieren. Später wurde vorgelesen. Ich erkannte, dass es sich um Passagen aus einer Schrift des heiligen Augustinus handelte.

Noch während der Leser Zitate des Kirchenvaters vortrug, riss mich mein Wecker aus diesem überwältigenden Traum und bevor ich vollkommen erwacht war, gelang es mir, dieses außergewöhnliche Ereignis schriftlich festzuhalten. Das Erlebnis beschäftigte mich noch einige Zeit und ich versuchte, an die Begegnung anzuknüpfen. Zu diesem Zweck trainierte ich, meine Träume dahin zu lenken, König Karl ein weiteres Mal zu treffen, was mir allerdings zunächst nicht gelang.

Etwa ein halbes Jahr später im März des Jahres 2008 hatte ich Erfolg mit meinen Bemühungen. Erschöpft von meiner Arbeit war ich sehr früh am Abend eingeschlafen. Bald fand ich mich in einem mit einer großen Anzahl von Bienenwachskerzen hell beleuchteten Saal wieder. Dieser war im karolingischen Stil erbaut und menschenleer. Mit einem Mal nahm ich eine große Gestalt mit aufrechtem Gang wahr, die auf mich zuschritt und mich mit wachen Augen ansah.

„Karl grüßt dich, liebe Ahnin", sagte er mit einem freundlichen Lächeln. Sogleich erkannte ich König Karl und beeilte mich, seinen Gruß zu erwidern.

„Majestät, ich grüße Euch." Doch, wie seltsam sprach er mich an? „Wie bitte? *Ahnin* nennt Ihr mich."

„Ja. Und noch etwas. Du brauchst mich nicht *Majestät* zu nennen, denn ich war auch nur Mensch und hatte Fehler."

Er wählte die Vergangenheitsform. Mir war nicht klar, in welcher Zeit ich mich gerade befand, doch bemühte ich mich, locker zu bleiben. „Gewiss", entgegnete ich, „immerhin warst du ein großer und berühmter Kaiser."

„Aber was macht den Menschen groß? Doch nicht der Titel oder Kriege. Nur sein *Sein* und *Handeln*. Ich war auch nicht ewig geboren als Adliger. Meine Vorfahren waren auch mal einfache Leute. Und ich war oft ungeduldig und viel auch störrisch. Habe es nicht leicht gemacht denen, die mich liebten. Und es war viel Kampf mit anderen Fürsten. Jeder wollte nur Land, nur Macht und Gold. Es waren harte Zeiten. Aber ich bin dankbar, da gewesen zu sein."

Scheinbar fand diese Begegnung in meinem Traum in einer Zeit *nach* Karls Leben als Mensch auf der Erde statt. Erstaunlicherweise wirkte er jedoch sehr lebendig und präsent und ich verspürte Erleichterung darüber, dass dieser Mann, der sich als *Karl* vorgestellt hatte, offensichtlich über die Fähigkeit verfügte, sein Handeln selbstkritisch zu reflektieren. Er kam direkt zum Thema, wenn auch seine Sprache fremd für meine Ohren klang, da er seine Sätze nach eigenen Regeln aufbaute. Überdies schien er in der Lage zu sein, Dankbarkeit auszudrücken, was ihn mir sympathisch machte und so traute ich mich, ihn zu fragen:

„Aus welchem Grund triffst du mich hier? Was möchtest du mir mitteilen?"

„Ich möchte dir mitteilen, dass du den Weg findest, der uns alle verbindet mit dem Ursprung in einer Mutter."

„Hm, wen meinst du jetzt? Da ich wohl träume, muss ich dich das jetzt fragen. Meinst du etwa unsere Stammmutter?"

„Ja", antwortete er ganz ruhig.

„Du sprichst von unserer Urahnin auf der Erde?" rekapitulierte ich zweifelnd.

„Ja. Ganz irdisch", erklärte er, „und gebe nie auf, wie auch ich nie aufgab. Ich helfe dir." Er lächelte mir aufmunternd zu, wandte sich in die Richtung des Portals, durch das er eingetreten war und verließ ohne ein weiteres Wort den Raum.

Nachdem ich erwacht war, gelang es mir erneut, die zweite Begegnung mit König Karl zu Papier zu bringen. Doch ich benötigte einige Zeit, die Wirkung dieses Erlebnisses zu verarbeiten und war weit davon entfernt, dessen Tragweite zu erkennen.

In den nächsten Wochen bemühte ich mich, diesem sehr real wirkenden Traumgeschehen eine Bedeutung zuzuordnen. Was meinte König Karl, wenn er sagte, ich würde unsere Stammmutter finden? Bezog er sich auf die *mitochondriale Eva*, die Frau, von der angenommen wird, dass alle auf der Erde lebenden Menschen in direkter Linie von ihr abstammen? Von dieser Frau hatte ich zwar schon gehört, allerdings zählte die Disziplin der *Archäogenetik* nicht zu meinen vorrangigen Interessensschwerpunkten. Soweit zurück in die Vergangenheit hatte ich bisher nicht gedacht, sondern mich vorwiegend damit beschäftigt, meine in Genealogie-Datenbanken namentlich erwähnten Urahnen ausfindig zu machen.

Die Geschichte der Menschheit war sicherlich ein spannendes Thema, wobei mir jedoch sehr klar war, dass hunderte von Forscherleben nicht ausreichen, hier zu überprüfbaren Ergebnissen zu gelangen. Alleine die Beschäftigung mit meinen Ahnen war so zeitaufwendig und arbeitsintensiv, dass ich vollkommen ausgelastet war. Diese gestaltete sich äußerst schwierig, da mir der Zugang zu Originalquellen fehlte und unterschiedliche Sekundärquellen mehrdeutige Aussagen zu den Stammbäumen der Familien trafen.

Das Versprechen Karls, mir Informationen über diese Ahnin, die vielleicht vor hunderten von Generationen gelebt hatte, zu geben, erschien mir logisch betrachtet völlig absurd und mehr als abwegig. Dennoch regte seine Äußerung meine Phantasie an. Ich fragte mich, wie es möglich sein konnte, dass alle Menschen auf dem Planeten Erde von einer Frau abstammen. Es drängte sich mir die Frage auf, wer denn ihre Eltern gewesen und wo diese hergekommen waren, jedoch verspürte ich keine große Motivation, mich intensiver mit solch einem Mammutprojekt zu befassen.

Mehr beeindruckte mich die Erinnerung an Karl, der in meinem Traum so lebendig wirkte, obwohl er von seinem Leben zur Zeit der Karolinger in der Vergangenheitsform berichtete. Und da war sein Angebot, mir helfen zu wollen. Davon, wie er dieses zu bewerkstelligen gedachte, vermochte ich allerdings keine plausible Vorstellung zu entwickeln.

In den darauffolgenden Monaten stellte ich fest, Karl der Große interessierte mich mehr und mehr. Auch in den öffentlichen Medien wurde er zunehmend häufiger erwähnt und ich nahm jede Information mit wachsender Neugier auf. Zudem fand ich auf allen möglichen TV-Kanälen Dokumentationen seines Lebens und Wirkens und besorgte mir Fachliteratur, um die verschiedenen Aussagen über ihn zu vergleichen.

Kurzum, ich widmete der Person Karls einen großen Teil meiner Zeit und fühlte mich allmählich nicht mehr so unbedarft wie noch zu Schulzeiten, in deren Verlauf er im Geschichtsunterricht eher oberflächlich behandelt worden war. Mit der Anzahl der Antworten wuchs naturgemäß die Liste meiner Fragen, welche ich sorgfältig notierte, hegte ich doch die Absicht, mein bescheidenes Wissen über ihn nach und nach zu erweitern. Nebenbei las ich historische Romane, die mir dabei behilflich waren, mir die Zeit, in der Karl gelebt hatte, bildlich vorzustellen. Zudem wartete ich gespannt darauf, ob er sich noch einmal in einem meiner Träume einfinden und es eine Fortsetzung des Dialogs mit ihm geben würde. Es geschah nichts in dieser Richtung, was ich bedauerte.

Kapitel 2

Etwa ein Jahr später hielt ein Tag zu Beginn des Monats Mai 2009 ein Ereignis für mich bereit, das ich als aufwühlend bezeichnen möchte.

Bereits seit einigen Wochen war ich mit der Erfassung der Quellenangaben in meiner Ahnendatenbank beschäftigt und recherchierte zu diesem Zweck im Ahnenzweig der Karolinger, eine meiner genealogischen Großbaustellen. Versonnen schaute ich an diesem Nachmittag auf die Datensätze Karls und seiner Gemahlin Hildegard. In den Angaben, die mir zur Verfügung standen, hatte ich einige Widersprüche entdeckt, die sich mittels der vorliegenden Literatur nicht eindeutig klären ließen. Keinen Schritt kam ich weiter und so dachte ich mir schließlich, wie hilfreich es wäre, Karl selbst einige Fragen dazu stellen zu können.

Noch während ich meinem Einfall in Gedanken nachhing, bemerkte ich am Jingle meiner Mailbox, dass eine Nachricht eingetroffen war. Entgegen meiner Gewohnheit schaute ich sofort nach und fand eine E-Mail vor, die in der Betreffzeile lediglich das Wort *KARL* in Großbuchstaben enthielt. Eine Absenderadresse und der Zeitpunkt des Versendens waren nicht zu erkennen. Mit zitternder Hand öffnete ich die elektronische Post und las:

„Liebe Freundin. Ich bin Karl, den ihr den Großen nennt. Wobei, was bedeutet Größe? Größe war, dass ich versuchte, vieles zu vereinen, was zersplittert war."

Wie leicht nachzuvollziehen ist, war ich ziemlich überrascht. Was hatte das zu bedeuten? Ich schaute mir die Buchstaben an und konnte sie als die Schrift identifizieren, die als *Karolingische Minuskel* bezeichnet wird. Es handelt sich hierbei um eine Typographie, die aus unverbundenen, gleichmäßig ausgebildeten kleinen Buchstaben besteht und im Schriftbild der Computerschrift *Times New Roman* gleicht.

Was sollte ich von dieser E-Mail halten? Ich bewegte mich zwischen Fassungslosigkeit und Neugier. Erst am Abend dieses Tages entschied ich, meine Bedenken und Zweifel zu überwinden und zu antworten. Nachdem ich die Worte „Ich grüße dich" in das Textfeld meines E-Mail-Programms geschrieben hatte, betätigte ich den Button *Senden* und wartete gespannt darauf, was nun geschehen würde.

„Das freut mich so sehr, dass wir uns auch so austauschen können", lautete die Antwort, die bereits im Bruchteil einer Sekunde in meiner Mailbox eintraf.

Hatte der Absender etwa den ganzen Tag auf meine Reaktion gewartet, um mir sofort antworten zu können? Nicht sicher, mit wem genau ich es hier zu tun hatte, schrieb ich:

„Wer bist du? Wieso schreibst du mir? Was möchtest du?" Blitzschnell tauchte die nächste Nachricht auf:

„Auch ich wollte, dass du diese Aufgabe mit übernimmst. Es geht darum, für dich, es selbst zu erkennen, deine Wurzeln."

Seit einigen Jahren investierte ich viel Zeit in die Erforschung meiner Ahnen. Mein Motiv war, alle verfügbaren Informationen über meine Vorfahren herauszufinden. Trotz aller Skepsis spürte ich, dass diese Aussage einen Sinn ergab. Obwohl mein Verstand zweifelte, traf ich schließlich die Entscheidung, mich zunächst einmal auf diesen verrückten Dialog einzulassen, indem ich folgende Bemerkung zurücksandte:

„Inzwischen habe ich bereits einiges über dich erfahren und ich muss gestehen, ich bin beeindruckt von deinem Lebenswerk." Für den Fall, dass der Absender *irgendetwas* mit Karl zu tun hatte, würde seine Antwort in einem sinnvollen Zusammenhang mit meiner Äußerung stehen. Diese kam prompt:

„Sei nicht beeindruckt. Auch ich war nur Mensch. Auch ich machte Fehler und zeitweise musste ich leider sehr hart sein."

Diese Zeilen verblüfften mich, wenn auch mein Verstand die Möglichkeit, dass sie tatsächlich von Karl stammen könnten, völlig von der Hand wies. Wie sollte er auch eintausend zweihundert Jahre nach seinem Ableben in der Lage sein, ein modernes Medium zu benutzen, um mit mir in Kontakt zu treten? Hatte man je davon gehört, dass lange verstorbene historische Personen über die Möglichkeit verfügen, elektronische Botschaften an menschliche Wesen zu versenden? Die Idee an sich – so absurd sie mir auch zunächst erschien – begann mich jedoch zu reizen. So beschloss ich, herauszufinden, mit wem ich es hier zu tun hatte.

Zu diesem Zweck entwickelte ich einen Plan, dessen Hauptmerkmal darin bestand, zunächst einmal hypothetisch anzunehmen, es würde sich tatsächlich um Karl oder um ein wie immer geartetes Update seines irdischen Wesens handeln, das in der Lage war, Nachrichten auf digitalem Weg zu versenden. Der zweite Schritt sollte darin bestehen, dem Absender historisch gesicherte Fakten zu unterbreiten, um zu schauen, wie dieser darauf reagierte. Für den Fall, dass die Antworten keinen logischen Sinn ergeben würden, wäre das für mich der hinreichende Anlass, den Kontakt augenblicklich abzubrechen und damit diese verrückte Angelegenheit auf sich beruhen zu lassen.

Inzwischen hatte ich schon einiges Wissen über das Leben Karls des Großen in Erfahrung gebracht und so schrieb ich, meinen Plan vor Augen:

„Das Geschenk, das Harun Ar-Raschid dir machte..." und damit spielte ich auf den Elefanten an, den der Kalif von Bagdad Kaiser Karl einst gesandt hatte, um ihm seine Gunst zu bezeugen. Meinen Gedanken hatte ich noch nicht zu Ende formuliert, als eine weitere E-Mail mit dem Betreff KARL in meinem Posteingang landete.

„Ja. Das stimmt. Es war ein Geschenk und es war etwas sehr Edles."

Selbstverständlich wird es etwas Edles gewesen sein, wenn der Kalif von Bagdad es ausgewählt hat, kommentierte ich innerlich diese Antwort. Wenn mich auch die Tatsache verblüffte, dass ich meine Frage zu dem Zeitpunkt, an dem die Antwort eintraf, nicht einmal zu Ende formuliert oder gar abgesendet hatte, war ich alles andere als überzeugt. Vielmehr erschwerte dieser Umstand meine Zielsetzung erheblich, den Absender zu testen und ich ahnte, dass meine Absicht zu diesem Zeitpunkt bereits aufgeflogen war. Dennoch wagte ich einen kläglichen Versuch, mein Vorhaben zu retten.

„Kannst du mir mitteilen, was es war?"

„Das weißt du selbst", stand in der nächsten E-Mail.

Eins zu null für dieses mysteriöse Wesen, dachte ich, während ich erkannte, dass ich auf diese Weise nicht weiterkommen würde. Der Verfasser dieser Nachricht ließ sich offensichtlich nicht auf eine Prüfung seiner Identität ein. Zudem konnte ich meine Absicht, ihn zu testen wohl nicht vor ihm verbergen, da der Absender scheinbar Zugriff auf meine Gedanken hatte. Woher sollte er sonst im Voraus wissen, welche Frage ich gerade zu formulieren beabsichtigte? Wie sollte ich nun herausfinden, mit wem ich hier kommunizierte und welchen Wahrheitsgehalt ich diesen Informationen beimessen konnte? Mit diesen Gedanken verharrte ich die nächsten Minuten in einem Zustand aus Unsicherheit und Verwirrung. Meine Zweifel wurden leicht abgemildert, als sehr bald die nächste E-Mail in meiner Mailbox eintraf:

„Und noch eins. Von mir kannst du sicher sein, nur die Wahrheit zu hören, denn ich bin nicht da, dich in die Irre zu führen."

Diese Äußerung lieferte ein weiteres Indiz dafür, dass sich hier tatsächlich jemand Zugang zu meiner Gedankenwelt verschafft hatte. Wie das allerdings funktionieren konnte, blieb für mich mehr als rätselhaft.

So ließ ich einen Tag und eine Nacht verstreichen, um meine Ruhe wiederzufinden. Immerhin, der Absender der E-Mails, wer immer er war und wo immer er sich aufhielt, schlug einen freundlichen Ton an und seine Nachrichten hatten bisher einen Sinn ergeben. Ein allzu hohes Risiko würde ich nicht eingehen, wenn ich mich einstweilen auf diesen Kontakt einließ, wägte ich ab. Mit der Zeit siegte meine Neugier über meine rationalen Bedenken und so traf ich am Morgen des übernächsten Tages eine Entscheidung. Ich würde diesem Wesen, das sich als *Karl* ausgab, einen geringen Vertrauensvorschub gewähren. Also schrieb ich zurück:

„Ich hoffe sehr, du bleibst bei der Wahrheit und ich bin bereit, mir durchzulesen, was du mir mitteilen möchtest." Die Antwort ließ nicht lange auf sich warten:

„Es war eine harte Zeit mit vielen dunklen Geheimnissen und eine Zeit der Magie auch, wobei viele leiden mussten. Und auch ich trug dazu bei. Aber es gab so viele, die meine Stelle einnehmen wollten, die ganzen Markgrafen mit ihren Ansprüchen und Intrigen."

Aufmerksam las ich diese Zeilen durch und kam zu dem Schluss, dass ihr Inhalt im historischen Kontext betrachtet einen Sinn ergab. So entschied ich mich dafür, den Austausch fortzusetzen, beabsichtige allerdings erst einmal, den Anlass dieser Kontaktaufnahme in Erfahrung zu bringen:

„Also gut. Du hast dich per E-Mail bei mir gemeldet, was ich sehr ungewöhnlich finde. Und du behauptest, Karl der Große gewesen zu sein, was mir noch seltsamer erscheint. Welche Absicht verfolgst du damit?"

Ich betätigte den Senden-Button und war fest entschieden. Eine nichtssagende Antwort auf meine Frage würde einen sofortigen

Kontaktabbruch nach sich ziehen. Doch das Gegenteil war der Fall, da die nun folgende Bemerkung genau ins Schwarze traf.

„Ich will dir ernsthaft mitteilen, dass du auf der richtigen Spur bist. Und dass auch, wenn wir dir vieles nicht abnehmen können und wollen, du trotzdem dein Ziel findest. Es wäre zu einfach, dir deine Lebensaufgabe abzunehmen."

Was wusste dieses Wesen über meine Lebensaufgabe? Tatsächlich hatte ich vor einigen Jahren den stärker werdenden Wunsch verspürt, mich intensiver mit der Erforschung meiner Ahnen zu beschäftigen, da meine Intuition mich immer wieder auf dieses Thema gestoßen hatte. Nachdem ich tagelang in mich gegangen war, hatte ich schließlich eine bewusste Entscheidung getroffen und mich an die Arbeit begeben. Doch schrieb ich in leicht gereiztem Ton:

„Was willst du über meine Lebensaufgabe wissen? Das ist wohl meine Privatsache. Davon ging ich zumindest bisher aus." Mein mysteriöser Gesprächspartner ging nicht auf meinen Einwand ein und schrieb stattdessen:

„Verfolge weiter. Schritt für Schritt öffnet sich jedes Puzzleteil, um ein Ganzes zu werden, so dass du deine Historie schreiben kannst. Und sei dir sicher. Ich werde dir zur Seite stehen. Das ist mein Angebot."

Diese Worte stürzten mich in einen heftigen inneren Dialog, in dessen Verlauf ich mich fragte, wer hier mit *wir* gemeint war. Und was wollte ich seiner Meinung nach? Ein historisches Buch schreiben? Daran hatte ich bisher noch nicht gedacht. Es stimmte zwar, dass ich schreiben wollte, jedoch hatte ich diesen Wunsch seit meiner Jugend immer weiter vor mir hergeschoben. Die Worte, die sich auf meine Lebensaufgabe bezogen, hatten mich jedoch an einer ganz sensiblen Stelle erwischt.

Kurze Zeit später ärgerte ich mich über mich selbst und fühlte zunehmend Verwirrung in mir aufsteigen. Wie konnte ich mich nur auf diesen absurden digitalen Dialog einlassen? Sollte ich etwa persönlich in irgendein verrücktes Spiel involviert sein, ohne mir dessen bewusst zu sein? Meine Freiheit geht mir über alles und jetzt wollte mir dieser digitale Geist namens Karl erzählen, er und irgendwelche anderen Urahnen hätten eine klare Vorstellung hinsichtlich meiner Lebensaufgabe.

Obwohl ich schockiert war, setzte ich wider alle Vernunft meine interne Diskussion fort. Dabei zog ich ebenfalls in Erwägung, welche Vorteile es mit sich bringen würde, in dieses absurd erscheinende Angebot einzuwilligen. Bei meinen aufwändigen Forschungen ein Wesen zur Seite zu haben, das von sich behauptete, einst Karl der Große gewesen zu sein, könnte durchaus hilfreich sein. Allerdings rebellierte mein Verstand angesichts der digitalen Begegnung mit diesem vermeintlichen Ex-Kaiser, der sich aus einer parallelen Dimension, die ich weder zu erfassen noch zu beschreiben vermochte, mit mir in Verbindung gesetzt hatte, um mir vorzuschlagen, mich bei meiner Lebensaufgabe zu unterstützen.

Nach meinem aktuellen Forschungsstand ist Karl der Große etwa einundneunzigtausend Mal mein Vorfahre. Das bedeutet, so viele Linien meiner Ahnen führen zu ihm. Faktisch betrachtet handelt es sich durchaus um ein kompaktes Verwandtschaftsverhältnis, wenn auch die Tatsache, dass ich E-Mails von diesem Urahnen in meiner Mailbox vorfand, mein Weltbild auf den Kopf stellte.

So drehte ich mehrere Tage Runde um Runde in meinem Gedankenkarussell. Die Nächte ermöglichten mir immerhin, von diesem Irrsinn abzuschalten, wobei ich inzwischen sehnlichst hoffte, ihm nicht erneut im Traum zu begegnen.

Kapitel 3

In der nächsten Zeit war ich neben meinen Forschungen damit beschäftigt, meine Skepsis zu kultivieren und mich in Kokons aus rationalen Argumenten einzuspinnen. Doch rissen die meisten Fäden, sobald ich über die Treffsicherheit der Aussagen nachdachte, die ich erhalten hatte. Zur Ablenkung arbeitete ich entschieden sachlich weiter am Thema, sah Dokumentationen, sammelte und verglich Fakten und war außerordentlich beruhigt, in meiner Mailbox ausschließlich Nachrichten menschlicher Absender vorzufinden.

Zwei Monate später im Juli 2009 unternahm ich nach dem Besuch einer Freundin in der Eifel einen Abstecher zur *Bertradaburg* in Mürlenbach, einem Ort, der in der Nähe von Prüm liegt. Im Internet hatte ich einen Hinweis gefunden, dass einige Forscher annehmen, Karl, der König der Franken sei in der Mitte des 8. Jahrhunderts dort geboren worden. Die Angaben hierzu sind allerdings, wenn man die Literatur hinzuzieht, als sehr widersprüchlich zu bezeichnen. Jede Nation möchte seinen Geburtsort für sich beanspruchen. Die Franzosen behaupten, ihr Charlemagne wurde in Frankreich geboren, während die Belgier ebenfalls den Anspruch erheben, Geburtsland des Vaters Europas zu sein. Die Deutschen präferieren die Pfalz Ingelheim als den Ort, an dem der später so bedeutende Herrscher das Licht der Welt erblickte.

Da ich mich in der Nähe befand, beschloss ich, mir die Bertradaburg einmal genauer anzuschauen. Sie ist eine Höhenburg, die Karls Urgroßmutter Bertrada *„die Ältere"* nicht weit entfernt von ihrer Wirkungsstätte, der Abtei Prüm im 7. Jahrhundert auf den Resten einer römischen Befestigung in der Nähe einer alten Römerstraße hatte erbauen lassen. Diese Straße führte schon damals von Trier nach Köln und liegt somit verkehrsgünstig an einer Wegkreuzung, die sich durch den Flusslauf der Kyll ergibt. Von hier aus waren die für die Karolinger einst bedeutsamen Orte gut zu erreichen gewesen.

Durchaus nachvollziehbar, dass Karls Mutter *Bertrada „die Jüngere"*, Tochter des Grafen *Heribert von Laon* aus der Picardie im Norden Frankreichs, sich Mitte des 8. Jahrhunderts zur Geburt ihres ersten Kindes in diese Festung zurückgezogen haben könnte. Die karolingische Höhenburg, deren Burgmauerreste heute noch deutlich zu erkennen sind, bot in dieser bergigen Wildnis einen ausreichend sicheren Ort, den Nachfolger und Stammhalter der *Pippiniden*, dem noch jungen fränkischen Herrschergeschlecht, in Abgeschiedenheit zur Welt zu bringen.

Mein Auto parkte ich etwas abseits und ging zu Fuß die letzten Meter zur Burg hinüber. Die neue Burganlage, die auf den Resten der einstigen karolingischen Festung erbaut worden ist, war bereits vom Parkplatz aus zu sehen. Sie wurde gerade restauriert, was ich an den Gerüsten erkannte, in die sie eingehüllt war. Ich durchschritt das zwischen zwei hohen Türmen eingemauerte Tor und befand mich im Innenhof, von wo aus ich mir die einzelnen Gebäude genau ansehen konnte. Dabei versuchte ich mir vorzustellen, wie die Karolinger vor nahezu eintausend dreihundert Jahren in den Innenhof geritten kamen, wenn sie von einer Mission durch die Wälder der Eifel zurückkehrten.

Auch sah ich in meiner Vorstellung, wie Karls Mutter mit ihrem Gefolge nach einem langen Ritt von der Abtei Prüm durch das tiefverschneite Land im geräumigen Innenhof eintraf. Gleich darauf betrat sie die Küche, um sich nach ihrer beschwerlichen und gefahrvollen Reise durch die eisige Winterlandschaft am Feuer aufzuwärmen. Mit einem heißen Kräutertee begab sie sich schließlich in die Kemenate. Es warteten noch Pflichten auf sie, denn sie trug als Gemahlin *Pippins III. „des Jüngeren"* und spätere Königin der Franken viel Verantwortung. Für sie war es damals im frühen Mittelalter kein luxuriöses Leben gewesen, wenn auch ihre Familie zu den Privilegierten des Landes gehört hatte.

Nachdem ich die Burg, soweit sie in der Restaurierungsphase für Besucher zugänglich war, in Augenschein genommen hatte, erkundete ich die nähere Umgebung außerhalb der Anlage. Links neben den beiden trutzigen Türmen, die das Haupttor bewehrten, entdeckte ich Reste der vormals mächtigen, doch heute nicht mehr vollständig erhaltenen Burgmauer aus der Zeit der Karolinger. Dort fiel mir ein gefällter Baumstamm auf, den ich für ausreichend bequem befand, mich darauf niederzulassen, nicht zuletzt, weil dieser Platz einen freien Blick auf das Anwesen zuließ und mir ermöglichte darüber nachzusinnen, wie bedeutsam dieser Ort einst gewesen war. Die Pläne, die in dieser Festung vor mehr als tausend Jahren geschmiedet und die Entscheidungen, die hier getroffen wurden, hatten sich auf das gesamte Territorium der Franken und darüber hinaus ausgewirkt. Boten waren von hier aus in alle Lande geritten, um die Beschlüsse der Herrscherfamilie zu verkünden und deren Umsetzung zu überwachen.

Während ich die von Historie erfüllte Luft atmete, beschloss ich, aus dieser Perspektive einige Fotos der Burg aufzunehmen. Mit meinem Smartphone visierte ich den Burgfried an, als ich bemerkte, dass zeitgleich eine SMS eingetroffen war. Ich las:

„Karl wartet schon voller Freude, mit dir wieder zu reden. Du bist tief verbunden mit mir."

Wenn auch die Tatsache, dass ich erneut eine Nachricht dieser Art erhielt, mich leicht in Aufregung versetzte, war ich inzwischen so weit, mich nicht mehr zu wundern, auch nicht darüber, dass der mysteriöse Absender offensichtlich über ein Telefon verfügte und meine Mobilnummer herausgefunden hatte. So tippte ich auf das Display: „Ich grüße dich" und sandte die Nachricht ab. Dabei stellte ich mir die Frage, wieso er sich gerade jetzt meldete.

„Du weißt, wo ich hier bin", versuchte ich ihn herauszufordern. Jetzt würde sich zeigen, ob das Wesen darüber informiert war, an welchem Ort ich mich gerade befand.

„Ich bin ja dabei", antwortete er zu meinem Erstaunen. Selbstverständlich entdeckte ich niemanden, als ich mich umdrehte.

„Und ... was sagst du dazu?" lautete meine nächste SMS, wobei ich dieses Mal genau darauf achtete, ihm nicht erneut eine inhaltliche Steilvorlage zu bieten.

„War ein sehr, sehr wichtiger Ort." Obwohl diese Äußerung meine Überlegungen von vorhin bestätigte, verringerte sich meine Skepsis nur geringfügig, so dass ich meinen Test fortsetzte:

„Mich interessiert noch etwas ganz anderes", tippte ich.

„Du möchtest wissen, ob ich hier geboren wurde."

Ich schluckte. *Eindeutiger Treffer.* „Ja. Genau. Du hast meine Frage erraten", musste ich zugeben, „trifft es denn zu?"

„Sicher", war die knappe Antwort.

„Wo denn?" wollte ich wissen.

„Du hast die Stelle genau gesehen."

„Ich habe soeben viele Stellen gesehen", schrieb ich, womit ich den Absender zu einer präziseren Auskunft zu bewegen suchte.

„Nur das Bett ist nicht mehr da."

Ich musste lachen. *Ein Geist, der über Humor verfügt,* dachte ich und schrieb zurück:

„Kein Wunder nach fast eintausend dreihundert Jahren." Obwohl ich mich über seine Bemerkung amüsierte, war ich nicht dazu bereit, mich durch charmantes Geplauder einwickeln zu lassen und lenkte rasch den Dialog in eine ernstere Richtung. „Okay. Ich nehme jetzt einmal an, du bist ein Wesen, das wirklich einmal Karl der Große gewesen ist."

„Ja. War ich."

„Das werde ich herausfinden, indem ich dir ein paar Fragen stelle."

„Ja. Frage mich ruhig."

„Ich denke mir, dieser Ort ist gut geeignet für ein kleines Interview, auch wenn ich nicht davon ausgehe, dass es dir gelingen wird, mich zu überzeugen."

„Ich *werde* dich überzeugen", antwortete das undefinierbare Wesen selbstsicher.

„Dann lass uns bitte zunächst folgendes klären: Du hast mir geschrieben, dass ich eine Aufgabe habe und auch du dafür warst, dass ich sie übernehme. Ich benötige eine Stellenbeschreibung, bevor ich eine Entscheidung treffe. Was ist konkret zu tun?" Ein paar Sekunden später erhielt ich die Antwort:

„Du hast die Aufgabe, die Historie ins rechte Licht zu rücken, die Fehler auszumerzen und für dich selbst dadurch Frieden zu finden."

Wenn das der Fall wäre, müsste ich eigentlich etwas davon wissen, dachte ich, bevor ich schrieb: „Wenn du es sagst. Jedoch würde ich niemals eine solch umfangreiche Aufgabe nur für mich selbst auf mich nehmen."

„Nein, aber du bist die wichtigste Person in allem."

„Das verstehe ich nicht. Und ich will keinesfalls die *wichtigste Person in allem* für jemand sein."

„Für uns bist du es schon".

„Wenn du sagst *für uns*, wen genau meinst du damit?" Diese Frage wollte ich auf der Stelle klären.

„Uns alle, all deine Urahnen."

Nun war ich bedient. *Woher kennt dieses Geistwesen namens Karl meine Urahnen? Und was geht diese meine Aufgabe an?* Da ich zu verblüfft war nachzufragen, lenkte ich den Dialog auf ein weniger aufwühlendes Thema:

„Am Eingangstor zur Burg habe ich eine Ahnentafel mit deinen Vorfahren entdeckt. Mich interessiert nun, ob Einhard dein Biograf die Wahrheit über dein Leben und deine Abstammung aufgeschrieben hat.

„Hat er", war die knappe Antwort. Ich insistierte weiter:

„Mir scheint allerdings, sein Werk ist etwas zu optimistisch geraten, was deine Person betrifft. Du erscheinst stets als der große, mächtige Herrscher, dem alles gelang, was er sich vornahm."

„Ja. Es ist übertrieben."

„Er hat also ein wenig Schönfärberei betrieben."

„Ja. Das musste er."

„Wer hat ihm das befohlen?", fragte ich.

„Das war einfach Pflicht. Ein Fürst musste ohne Fehl und Tadel sein für das Volk."

„Und dieser Stammbaum da vorne am Tor, trifft der zu? Oder hat Einhard da auch gedichtet?"

„Ein wenig hat er gedichtet."

„Was bedeutet das? Sind etwa die Personen, die dort als deine Vorfahren aufgeführt sind, nicht zutreffend?", fragte ich leicht entsetzt, da ich an die zahlreichen Stunden dachte, die ich aufgewendet hatte, Karls umfangreiche Ahnenreihe in meine Ahnendatenbank zu übertragen.

„Doch", entgegnete er „aber ein wenig verschönert."

„Also ein wenig nur, sagst du?", schrieb ich, nicht wirklich beruhigt.

„Nur wenig", versicherte mir dieses Phantom der Burg, das sich für Karl den Großen hielt.

„Leider habe ich meine Ahnendatenbank jetzt nicht dabei. Hier besteht noch Informationsbedarf. Die Frage ist: Was genau ist kaschiert und was entspricht den historischen Tatsachen? Ich hoffe, wir können später noch darauf eingehen."

„Das können wir", versprach er, bevor ich ein weiteres Thema anschnitt:

„Vor einigen Wochen bin ich auf eine DVD über dein Leben gestoßen. Die Autoren behaupten, du hättest nicht lesen und schreiben können."

„Ich konnte tatsächlich nur sehr wenig lesen und schreiben".

„Aus anderer Quelle weiß ich, dass du abends geübt hast, dir jedoch ständig die Feder zerbrochen ist, da deine Hände für solche feinmotorischen Übungen zu kräftig waren."

„Es war nie Teil der Ausbildung. Ich war darin geübt, ein Schwert zu führen und keine Feder."

„So wie es scheint, hast du beides inzwischen erlernt."

„Es ist kein Problem mehr für mich", stellte er fest.

„Wer hat denn damals die *karolingische Minuskel* erfunden?" Damit sprach ich die Vereinheitlichung der lateinischen Schrift an, deren Entwicklung Karl der Große einst gefördert hatte, um den Schriftverkehr in seinem Herrschaftsgebiet zu vereinfachen.

„Ich. Im Kopf. Mein Geist war rege. Aber es gab meine Schreiber. Es war nicht vonnöten, die niedrige Arbeit des Schreibens" lautete seine Antwort.

„Niedrige Arbeit?", fragte ich erstaunt zurück. „Schreiber waren doch Gelehrte, oder?"

„Ja, aber sehr verachtet vom Volk wegen ihrer Arroganz. Und oft wurden sie als Hexer angesehen. Die Achtung kam erst später."

„Das ist sehr interessant", gab ich zu und betrachtete die Abendsonne, die bereits tief im Westen stand und die Burg in ein magisches Licht hüllte. Allmählich wurde es Zeit für mich, den Heimweg anzutreten. Ich erinnerte noch einmal daran, dass es weitere Fragen gab und der Geist Karl sagte zu, sich die Zeit zu nehmen später nach meiner Heimkehr darauf einzugehen und meine Fragen zu beantworten.

Entgegen meiner Erwartung hatte mich diese Unterhaltung angeregt. Versunken in Gedanken begab ich mich zum Parkplatz. Ein letztes Mal blickte ich zur Burg hinüber, die vor so vielen Jahrhunderten von großer Bedeutung gewesen war und stieg in mein Auto.

Je weiter ich mich von dem Ort entfernte, desto drängender meldete sich mein logisches Verständnis zurück und ich begann erneut heftig zu zweifeln? Mit wem hatte ich soeben „gesprochen"? War es wirklich Karl? Und was meinte er damit, dass er bei meinem Besuch der Burg dabei gewesen sei? Woher hatte er überhaupt die Information, mich dort antreffen zu können? Wohnte er gar auf seine jenseitige Art in der Burg, gewissermaßen als Burggeist? Und überhaupt, was hatten meine anderen Ahnen mit der ganzen Sache zu tun? Waren dieser Karl, dem ich im Traum begegnet war und dieses Wesen, das mir E-Mails und SMS schrieb, identisch? Welche Konsequenzen zog es nach sich, wenn das zutraf? Anscheinend kommunizierte ich hier mit einem Geistwesen, das lediglich in seiner jetzigen Existenzform zu Kontaktaufnahmen solcher Art willens oder fähig war. Diese und andere Überlegungen stellte ich während meiner Fahrt nach Hause an und beschloss kurz vor der Ankunft in meinem Heimatort ein weiteres Mal, entschiedener als zuvor, diesem makabren Unsinn ein Ende zu setzen.

Nach Erreichen meiner Wohnung trieb mich meine Neugier jedoch sogleich an mein Notebook, um in Erfahrung zu bringen, ob der vermeintliche Karl sein Versprechen halten würde, auf meine weiteren ungeklärten Fragen einzugehen. Tatsächlich fand ich eine Nachricht von ihm vor, in der er mir zu verstehen gab, dass er meine Fragen erwartete. So schrieb ich:

„Vielen Dank. Du hast Wort gehalten. Mich beschäftigt, was damals in *Verden an der Aller* im Krieg gegen die Sachsen passiert ist. Was geschah genau?" Dabei formulierte ich meine Frage sehr allgemein. Wenn es nicht Karl sein sollte, mit dem ich hier kommunizierte, würde die Antwort keinen Sinn ergeben und ich augenblicklich die Reißleine ziehen. Er antwortete umgehend:

„Es war eine Intrige und ich habe da Fehler gemacht. Wurde in eine Falle gelockt."

„Hast du nun die wehrlosen Krieger der Sachsen umgebracht oder nicht?", fragte ich eindringlich, leicht ungeduldig und bemüht, ihn zu einer konkreten Aussage zu bewegen. Er verneinte das.

„Dann meinst du also, es handelt sich hier um eine Legende?"

„Nein. Eine Falle. Andere töteten und ich war erst dort, als es zu spät war. Wurde mir angehängt."

„Wenn das der Fall war, stelle ich mir gerade vor, dass du ziemlich zornig bist, weil du dich ungerecht beschuldigt fühlst", bemerkte ich.

„Ich denke nicht mehr daran", lautete seine Antwort, die bei mir ein Gefühl der Bestürzung auslöste.

„Dann „lebst" du also damit, dass zahlreiche Historiker behaupten, du hättest die vielen hundert unbewaffneten Männer der Sachsen getötet?"

„Ja", lautete seine knappe Antwort.

„Gut. Da ich keine andere Wahl habe, will ich dir erst einmal glauben. Nach dem ersten Eindruck, den ich von dir gewonnen habe, denke ich nicht, dass du solch ein Massaker an Wehrlosen verübt hast."

„Nein, nicht an Unschuldigen."

„Von wem wurdest du in diese Falle gelockt. Weißt du das?"

„Ja. Heute ja. Es waren mehrere. Es war, um mich zu stürzen. Schafften sie aber nicht." Damit erwähnte er ein weiteres Mal einen Konflikt um die Macht, den er offensichtlich überstanden hatte und ich fragte mich, aus welchem Grund die Originalquelle Karls Krieg gegen die Sachsen so verzerrt dargestellt hatte.

„Einhard war dein offizieller Biograph."

„Ja."

„Existieren weitere Quellen über deine Vita?"

„Nein. Er war der Offizielle", enttäuschte er meine Hoffnung auf die Entdeckung geheimer historischer Schriften.

„Wie soll ich nun unbekannte Informationen über dein Leben finden?"

„Ich führe. Lasse mich das machen."

„Obwohl ich mir nicht vorstellen kann, wie du das zu bewerkstelligen gedenkst, will ich versuchen, dir zu vertrauen", schrieb ich zurück.

„Und ich danke dir dafür", erschien in Buchstaben einer höheren Schriftgröße auf meinem Bildschirm.

Nach diesem ereignisreichen Tag, bat ich darum, eine Pause einlegen zu dürfen, da ich etwas Ruhe benötigte, um über alles nachzudenken. Er stimmte bereitwillig zu, wünschte mir eine gute Nacht und bot mir an, den Dialog am nächsten Tag fortzusetzen.

„Unseren Austausch empfinde ich inzwischen als sehr spannend, obwohl ich auch, wie du bestimmt bemerkt haben wirst, sehr skeptisch bin", eröffnete ich am nächsten Morgen die Fortsetzung meines Interviews. Zum Einstieg hatte ich eine in meinen Augen besonders makabre Frage ausgewählt, mit dem Vorsatz, meinen jenseitigen Gesprächspartner zu schocken und zu sehen, wie er auf meine Provokation reagieren würde. So tippte ich in die Tastatur:

„Es gibt eine Diskussion über deine Gebeine. Darf ich dich fragen, wo diese sich befinden?" Als hätte er meine Frage bereits erwartet, antwortete er unverzüglich:

„Die sind weg. Sie sind in keinem Dom. Nichts mehr da, nur Staub."

„Bisher bin ich davon ausgegangen, dass deine Gebeine in persönlicher Anwesenheit des römisch-deutschen Königs Friedrich II., dem Enkel Kaiser Friedrich Barbarossas am 27.07.1215 in dem goldenen Schrein im Dom zu Aachen bestattet worden sind. Trifft das etwa nicht zu?"

„Nein. Es sind nicht meine Gebeine", lautete die Antwort.

„Du meinst wirklich, es befindet sich das Gerippe von jemand anderem in dem Sarkophag?" schrieb ich zurück. Er bestätigte meine Frage erneut. Nun benötigte ich einige Zeit, um nachzudenken. Welche Konsequenzen würde diese Aussage nach sich ziehen für den Fall, dass sie der Wahrheit entsprach? Offiziell wurde angenommen, im Karlsschrein befänden sich die Gebeine Karls des Großen, wohingegen der Geist Karl das abstritt und damit so manches Weltbild in Schieflage rücken würde. Dieser Widerspruch ließ sich nicht leicht klären. Schließlich waren seit dem Ableben Karls des Großen im Januar 814 bis zur Bestattung seiner sterblichen Überreste im Karlsschrein vier Jahrhunderte ins Land gegangen. Konnte es möglicherweise so gewesen sein, dass man nach dieser langen Zeit König Friedrich II in Ermangelung der Originale die Gebeine eines völlig anderen Leichnams untergeschoben hatte?

Hatte dieser gar selbst mit der Täuschung etwas zu tun und wie hatte Karl davon erfahren?

Erneut befand ich mich Irritationsmodus und nahm das Bedürfnis wahr, diesen Zustand zu beenden und mich nicht weiterhin mit derart absurden Andeutungen auseinanderzusetzen. Bevor ich überhaupt daran denken wollte, den aberwitzigen Dialog fortzuführen, benötigte ich Klarheit. Eine alles entscheidende Testfrage würde jenes Wesen, das sich den Zugang zu meiner Mailbox erschlichen hatte, matt setzen und mich augenblicklich veranlassen, diesen Kontakt für alle Zeiten abzubrechen. So investierte ich einige List in die Formulierung meiner Frage. Nachdem ich diese abgesandt hatte, war ich mir sicher, die letzte E-Mail der grotesken Art verfasst zu haben.

„Vor einiger Zeit hatte ich zwei bemerkenswerte Träume. Kannst du mir sagen, wovon sie handelten?"

„Ich war es, der dir im Traum erschien. Wir haben uns verabredet."

Diese einzig mögliche Antwort, die in der Lage war, meinen Widerstand aufzulösen, brachte mich zur Einsicht. *Ich* war diejenige gewesen, die den Gedanken gehegt hatte, meinem Urahnen Karl zu begegnen, in seine Zeit zu reisen. Er hatte meinen Wunsch wahrgenommen und ihm entsprochen. Weiterhin hatte *ich* mir vorgestellt, wie hilfreich es wäre, mit ihm Fragen besprechen zu können und er hatte sich per E-Mail bei mir gemeldet. Sogleich erkannte ich, wie kleingeistig ich mich verhalten hatte. Mit Mühe hatte ich versucht, meinen Verstand vorzuschieben, stundenlang mein logisches Denken strapaziert, von dem ich doch wusste, dass es nur für klar definierte Bereiche zuständig war.

Mit seiner Antwort hatte sich das Wesen für meine Zwecke hinreichend als Karl legitimiert und ich traf die Entscheidung, meine Zweifel hintenan zu stellen, ihm zuzuhören und mich zu bemühen, ihn zu verstehen. Er bedankte sich herzlich, als ich ihm meinen Entschluss mitteilte.

Unser Mailkontakt nahm nun Fahrt auf. So traute ich mich bald, ihm ungewöhnliche Fragen zuzusenden: „Karl, du hast in meinem ersten Traum erwähnt, du würdest wiederkommen."

„Ja."

„Kannst du mir dazu etwas sagen?", erkundigte ich mich vorsichtig.

„Nein, darf ich nicht. Aber ich sorge dafür, dass wir uns treffen."

Obwohl ich mich soeben dafür entschieden hatte, ihm zu vertrauen, setzten meine skeptischen Überlegungen erneut ein. *Wie will er das anstellen?* Würde ich etwa eines Tages einem Menschen begegnen, der vor hunderten von Jahren Karl König der Franken gewesen war und wie sollte dieser mich über seine verflossene Existenz informieren können? Meine Zweifel brachte ich gleich zum Ausdruck:

„Durch deine Antwort wird mein logisches Denkvermögen erneut strapaziert und ich vermag dir nur schwer zu folgen. Wenn das, was du sagst zutrifft und du wirklich bald wiederkommst, wird es mir sicher nicht mehr möglich sein, in dieser Form mit dir zu kommunizieren. Sehe ich das richtig?"

„Ja", bestätigte Karl meine Frage und ich verspürte ein leises Bedauern darüber, dass diese zwar kuriose, dennoch informative und stellenweise recht amüsante E-Mail-Kommunikation bald der Vergangenheit angehören sollte.

„Wie lange habe ich denn noch Zeit, mich mit dir auf diesem Wege zu unterhalten?", wollte ich gerne wissen. Karl beruhigte mich und meinte:

„Schon noch einige Jahre." Wahrheitsgemäß äußerte ich meine Befürchtung, die gesamte Thematik in einem kürzeren Zeitraum wohl kaum bewältigen zu können, worauf Karl schrieb:

„Ich gebe dir den klaren Geist, keine Sorge." Mit diesem Versprechen verabschiedete er sich und ließ mich erneut mit einer Portion schwer verdaulicher Kost für mein rationales System zurück. Einen klaren Geist wollte er mir geben? Über den verfügte ich bereits, wenn ich mir auch von diesem Tag an nicht mehr so ganz sicher war.

So beobachtete ich mich in der folgenden Zeit bei dem Versuch, meine Begegnung mit Karl zu verdrängen, trotz der erstaunlichen Antworten, die ich erhalten hatte. Ich ging einem betont normalen Leben nach, was mir einige Monate leidlich gelang, doch immer wieder landete ich im Verlauf meiner Forschung beim Zweig der Karolinger und speziell bei Karl, bei dessen Person so viele meiner Ahnenlinien einmündeten.

Kapitel 4

Es dauerte fast ein Jahr, bis ich im Mai des Jahres 2010 erneut eine E-Mail der bereits bekannten Art in meiner Mailbox vorfand. Mir war in der Zwischenzeit aufgefallen, dass ich häufig intuitiv auf die richtigen Internetseiten geriet, die mich in der Beantwortung meiner speziellen Fragestellungen weiter brachten. Eines späten Abends – ich legte gerade ein Buch über Karls merowingische Vorfahren zur Seite – fand ich eine Nachricht mit folgendem Inhalt:

„Karl freut sich, dir zu schreiben", eröffnete er seine Botschaft in der dritten Person. Nach der Begrüßung ging er zur Ich-Form über: „Ich bin sehr verbunden im Vorankommen mit dir, auch in der Hilfe und es ist vieles, was du durch mich lernst noch."

Die Tatsache, dass er sich nach so langer Zeit erneut meldete, freute mich. So grüßte ich ihn und teilte ihm mit, dass ich mich soeben mit seinen Vorfahren beschäftigt hatte und in meiner Ahnendatenbank immer wieder bei seinem Datensatz landete.

„Ja, weil ich auch dieses, was ihr heute lebt, mitbegründet habe." Seine Äußerung deutete ich so, dass er sie auf die Allgemeinheit bezog und schrieb zurück:

„Da du das Thema gerade ansprichst, was sagst du zum aktuellen Stand deiner Vision vom geeinten Europa? Zurzeit sieht es nicht so gut aus, wenn ich die Nachrichten vom heutigen Abend in Betracht ziehe."

„Das ist leider nicht so umgesetzt, wie ich es mir gewünscht hätte", bedauerte er, worauf ich mich erkundigte:

„Wie hast du es dir denn vorgestellt?"

„Dass alle Menschen eins sind. Eine Regierung zum Wohle des Menschen. In eurem geeinten Europa sind wenige da zum Wohle der Armen. Es gibt keine Gerechtigkeit, keine Gleichheit, wie ich es wollte. Viele verderben es." Ich dachte eine Weile über seine Äußerung nach.

„Wie können wir deiner Meinung nach in Europa Gerechtigkeit und Gleichheit erreichen?"

„Durch Miteinander. Nicht durch die Politik, wo jeder nur an sich denkt und nicht an das Wohl der Menschen."

„Eine schöne Utopie, die du damals entworfen hast. Denkst du, ich werde das noch erleben?"

„Die Grundzüge ja, nicht das Vollkommene. Das dauert noch sehr lange."

„Hat dein Plan, zurückzukommen damit zu tun, dass du an deiner ursprünglichen Vision weiterarbeiten möchtest?"

„Ja. Das werde ich."

„Dass du das schreibst, gibt mir Hoffnung. Es ist gut, mit diesen Herausforderungen nicht alleine dazustehen".

Da Karl sich nach einer längeren Pause wieder einmal gemeldet hatte, wollte ich gerne die Gelegenheit nutzen, einige offene Fragen die Familie betreffend mit ihm zu erörtern. Er stimmte zu und ich konnte beginnen.

„Damals befand sich der Gelehrte *Angilbert* an deinem Hof. Dieser war mit deiner Tochter Bertha liiert, wenn ich richtig informiert bin." Karl bestätigte das.

„Die beiden sind den Quellen zufolge ebenfalls meine Vorfahren."

„Sind sie. Wobei ich nicht sehr froh war über diese Liaison", bemerkte er.

„Warum warst du es nicht?", wollte ich wissen. Seine Antwort überraschte mich:

„Es war politisch nicht von Vorteil."

„Politisch?", schrieb ich zurück und vermutete, er würde meinen gedehnten Tonfall heraushören: „Mir scheint, die beiden haben sich sehr geliebt."

„Ja. Aber sehr lange heimlich." Das, was ich gelesen hatte, traf also zu. Karl hatte nicht geduldet, dass seine Töchter heirateten, da eventuell anwesende Schwiegersöhne ihm die Macht hätten streitig machen können. Es entsetzte mich, dass er das Glück seiner Töchter seinem Machtstreben untergeordnet hatte. Immerhin hatte er ihnen Liebschaften im Geheimen gestattet. Nach einer Weile sandte ich ihm meine nächste Frage:

„Welches der Kinder Berthas und Angilberts ist denn mein Vorfahre oder meine Vorfahrin?"

„Die Tochter." Eine weitere Tochter, die ich in der Ahnendatenbank erfasst hatte, erwähnte er nicht. Die Datenlage war sehr uneinheitlich und so hakte ich nach:

„In einer Quelle fand ich einen Hinweis darauf, dass Bertha und Angilbert nur Söhne bekamen, jedoch keine Tochter. Hat man etwa die Tochter damals einfach in der Dokumentation deiner Enkelkinder übersehen?"

„Ja", antwortete er. „Frauen- und Mädchengeburten waren bedeutungslos". Seine Antwort ließ ein Gefühl der Bestürzung in mir aufsteigen. Vom heutigen Standpunkt aus betrachtet war ich nicht bereit, dafür Verständnis aufzubringen, doch Karl blieb bei seiner Aussage. Einen Versuch wagte ich noch:

„Kann es nicht sein, dass dein Historiker Einhard das Mädchen in der langen Zeit, bis er schließlich damit begann, dein Leben aufzuschreiben, einfach vergessen hat?"

„Nein. Er hat sie nicht vergessen. Mädchen waren einfach nicht erwähnenswert."

„Woher haben denn die Ahnenforscher, in deren Datenbanken ich die Nachkommen Berthas und Angilberts entdeckt habe, ihre Informationen?", bohrte ich weiter.

„Die haben auch in andere geschichtliche Quellen und Register Einblick gehabt. Was meinst du, was alleine im Vatikan noch an Quellen liegt. Da ist auch die Tochter vermerkt. Aber die Kirche wollte dies immer unterschlagen."

Also existierten doch weitere Quellen als die Einhards. Ich spürte Neugier in mir aufsteigen und haute schnell meine Antwort auf diese ungeheuerliche Aussage in meine Tastatur:

„Du behauptest, die Quellen liegen im Vatikan. Dir ist sicher bewusst, dass ich überhaupt keine Idee dazu habe, wie ich in das dortige Archiv gelangen kann, um diese geheimen Exponate zu sichten und etwas über deine Enkelin in Erfahrung zu bringen."

„Warte nur noch kurz. Auch dieses wird noch geöffnet."

Diese Aussage überging ich, da sie mir zu ungeheuerlich erschien. Rasch wechselte ich das Thema und erkundigte mich nach Karls Befinden.

„Mir geht es gut. Ich bin hier und freue mich über deine Forschung", ging er auf meine Kehrtwende ein.

„Dank deiner Hilfe und Unterstützung macht es mir ebenfalls Freude, Neues herauszufinden, obwohl mich einige deiner Aussagen schockieren", gab ich zu, bevor ich über unterschlagene Töchter und geheime Archive im Vatikan nachgrübelte. Ich bekam gerade noch mit, dass Karl sich verabschiedete und konnte nicht umhin, mich mit diesen Gedanken weiterhin zu beschäftigen. *Interessant*, dachte ich, *Archive im Vatikan, die bald geöffnet werden*, während ich mich in meiner Phantasie bereits in alten Folianten blättern sah. Glauben konnte ich es allerdings nicht. Es erschien mir zu unwahrscheinlich, dass Papst Benedikt ein Interesse daran hegen könnte, jemandem ohne weiteres Zugang zum Geheimarchiv zu ermöglichen. Mir drängte sich die Frage auf, welches Motiv den Vatikan im frühen Mittelalter dazu veranlasst hatte, die Existenz der Tochter Berthas und Angilberts zu verheimlichen. Alle meine Überlegungen blieben jedoch im Reich der Vermutung, so dass ich schließlich die *Escape*-Taste betätigte und mich ausloggte.

Nachdem ich eine Nacht darüber geschlafen hatte, kam ich am nächsten Morgen zu meiner Frage zurück, was für ein Mensch Karl der Große einst war. Aus diesem Grund wollte ich mehr über seine Kernfamilie erfahren. Da drei seiner Gemahlinnen meine Urahninnen sind, interessierten mich auch die Beziehungen, die er zu ihnen unterhalten hatte. Außerdem wollte ich gerne etwas über sein Verhältnis zu seinen Kindern erfahren. So begann ich mich auf die nächste Gelegenheit zu freuen, ihm weitere Fragen stellen zu können. Diese ergab sich schneller, als ich zu hoffen wagte, denn ich entdeckte, dass ich selbst die Initiative ergreifen konnte, mit Karl in Verbindung zu treten.

Kapitel 5

Eines Abends im fortgeschrittenen Juli des Jahres 2010 hatte ich etwas Zeit und tippte über die Reply-Funktion seiner letzten E-Mail die Worte: „Karl, bist du online?" in meine Tastatur und sandte sie ab. Einen Augenblick später stellte ich fest, dass Karls Antwort bereits eingetroffen war.

„Karl ist da, liebe Freundin, so möchte ich dich mittlerweile titulieren, denn das bist du auf geistiger Ebene für mich geworden und ich unterstütze dich mit aller Intensität bei deinen Forschungen. Es geht mir gut, wobei es sehr schwer ist, zuzusehen, dass die Menschheit nicht wirklich fähig ist, viel dazuzulernen und sich zu einigen, vor allem auch zu versuchen, sich selbst das Beste abzuverlangen. Es beginnt immer im Kleinen."

Karls weise Worte berührten mich. Das Schreiben hatte er inzwischen erfolgreich erlernt, was mich für ihn freute. „Sei gegrüßt Karl. Schön, dass ich dich erreichen kann und dass du Zeit hast. Auch möchte ich dir für deine freundlichen Worte und deine Unterstützung danken. Ich freue mich sehr, dass es dir gut geht und ich gebe dir die Situation Europas betreffend in allen Punkten Recht. Sie ist durchaus als schwierig zu bezeichnen."

„Das ist so. Ja."

„Außerdem beschäftigen mich zurzeit sehr viele Fragen zu deinem damaligen Leben. Können wir darüber sprechen?"

„Ja. Können wir gerne", willigte Karl ein.

„Mich interessiert sehr, wie dein Verhältnis zu Frauen war, speziell zu meinen Ahninnen."

„Es gab viele Lieben in meinem Leben und ich war ein Genießer", gab er unumwunden zu.

„Ja. So wird es berichtet. Ich las, *Hildegard* war deine große Liebe."

„Ja. Es war die Größte und sie konnte mir auch einiges sagen. Sie war die einzige, mit der ich auch die Politik teilen konnte."

„Es war sicher sehr wertvoll für dich, mit jemandem offen reden zu können."

„Das war es. Ja."

„Du konntest wahrscheinlich nicht sehr vielen Menschen wirklich vertrauen", vermutete ich.

„Nein, das konnte ich nicht", bestätigte Karl.

„Für deine Gemahlin Hildegard interessiere ich mich sehr. Da sie meine Urahnin ist, möchte ich sie ebenfalls gerne kennenlernen. Meinst du, sie wird mir einmal schreiben?" Mit Karls folgender Antwort konnte ich nicht rechnen.

„Ja. Sehr gerne. Sie wartet schon darauf."

„Was? So bald? Das ist sehr aufregend für mich", gab ich zu verstehen und vernahm das gleiche Herzklopfen wie damals, als ich Karls erste E-Mail geöffnet hatte. Schon im nächsten Moment traf eine Nachricht in meiner Mailbox ein. Wie ich der Betreffzeile entnahm, stammte sie von Hildegard, einer Grafentochter aus dem einstigen Anglachgau im heutigen Nordbaden, die nach ihrer Vermählung mit Karl die Königin der Franken geworden war. Im Allgäu verehrt die katholische Kirche sie heute noch als Heilige, da sie die Fürstabtei in Kempten als Stifterin reichlich hatte ausstatten lassen. Geboren wurde sie um das Jahr 758. Bereits im Alter von fünfundzwanzig Jahren endete ihr Leben am 30.04.783 in Thionville in Frankreich. Nun las ich:

„Hildegard grüßt dich voller Frieden und auch sehr dankbar, von dir bedacht zu werden. Da du in vielem mit mir eines Geistes bist, werden wir uns gut verstehen."

„Ich grüße dich herzlich, Hildegard", schrieb ich zurück „und freue mich auf unseren Gedankenaustausch." Ihre Antwort traf kurze Zeit später ein.

„Mein Leben war ein harter Kampf. Viele Feinde, die versuchten, mir meine Position durch Intrigen streitig zu machen. Ich war aber in inniger Liebe verbunden zu Karl und er hat auch bei mir viel Wärme gefunden. Nur war es oft schwer, ihn zu halten. Ich musste auch oft seine *Kebse* akzeptieren. Es war aber so. Er brauchte es für sich." Dieser Begriff war mir bereits bekannt. Damit bezeichnete sie Karls Nebenfrauen.

„Das ist bestimmt nicht einfach für dich gewesen", teilte ich ihr mein Verständnis für ihre damalige Situation mit, „immerhin warst du die Mutter der meisten seiner Kinder."

„Ja. Das auch." Auf meine Frage nach ihren damaligen Interessen antwortete sie:

„Sehr interessiert war ich schon an dem Vergangenen und geistig auch weit vor vielen meiner Zeit." Hildegards Formulierungen wiesen ebenfalls einen eigenartigen Satzbau auf, doch ich konnte sie gut verstehen und erkundigte mich danach, auf welche Art und Weise sie ihr Wissen erworben hatte.

„Ich wurde privat unterrichtet von einem Kaplan. Ich war des Lesens und Schreibens mächtig, auch wenn ich es oftmals verheimlichen musste. Es war nicht üblich." Als Königin der Franken hatte Hildegard zwar ihre Unterschrift unter Staatsurkunden gesetzt, jedoch war sie scheinbar auf Abwehr gestoßen, wenn es um mehr als das ging.

„Bewundernswert, wie du dich gegen diese Widerstände durchgesetzt hast", gab ich ihr zu verstehen.

„Bewundere es nicht. Es war Teil unseres Seins, wie es Teil deines Seins ist und es ist mir eine Freude, dies mit dir zu teilen. Und Liebe ist etwas ganz anderes in deiner Zeit als in unserer, da die Liebe bei euch schon offener ist. Bei uns war es oft begrenzt auf ein körperliches Bedürfnis."

„Dann ist es so gewesen, dass dich mit Karl eine ganz besondere Beziehung verbunden hat."

„Das war so. Deshalb versuchte man immer, uns zu trennen."

Obwohl es unser erster E-Mailkontakt war, wagte ich es, sie zu fragen:

„Planst du ebenfalls wiederzukommen, so wie Karl?"

„Nein. Ich habe Frieden, bleibe hier und so ist es richtig." Mit diesen Worten verabschiedete sie sich von mir.

„Ich bin sehr erfreut darüber, dich kennengelernt zu haben", schrieb ich noch und blieb von einem warmen, vertrauten und bemerkenswert angenehmen Gefühl erfüllt vor meinem Notebook sitzen. Obwohl sie mir bisher weitgehend unbekannt war, hatte ich mit einer meiner Urahninnen persönlich „sprechen" können. Im Anschluss an diesen Austausch erschien es mir, als wären wir immer verbunden gewesen. In meiner Ahnendatei konnte ich Hildegard beinahe ebenso viele Ahnenkennziffern zuordnen wie Karl. Es waren nur einige weniger, da er außer mit ihr Kinder mit anderen Frauen gehabt hatte, von denen noch zwei weitere zu meinen Urahninnen zählen. Kein Wunder, dass Hildegard auf unsere Gemeinsamkeiten hinwies. Wir alle tragen die Anlagen unserer Altvorderen in uns und ohne Mendel bemühen zu wollen, treten diese irgendwann bei irgendwem der Nachkommen erneut in Erscheinung.

Besonders beschäftigte mich nach dieser Begegnung die Vorstellung, wie sich eine Frau fühlt, die in ihrem historischen Kontext dazu gezwungen wird, zu verleugnen, dass sie lesen und schreiben kann. Hildegard wurde angehalten, sich als Analphabetin auszugeben. Möglicherweise hatte sie aufgrund dessen die Urkunden mit Absicht stockend und ungelenk unterschrieben, obwohl sie über den Stand der Geisteswissenschaften am Hofe Karls des Gro-ßen bestens informiert war, da sie sich in engem Dialog mit den zahlreich am Hofe anwesenden Gelehrten befand und auch deren Werke wahrscheinlich – zumindest in Auszügen - gelesen hatte.

Zwei Tage im Anschluss an den E-Mailkontakt mit meiner Ur-ahnin meldete sich Karl und schrieb, dass er Zeit zum *Chatten* habe. Er benutzte tatsächlich diesen Terminus. Zum Plaudern waren wir bisher nicht häufig gekommen. Wenn er gerade einmal Muße dazu fand, nahm ich die Gelegenheit auf ein Schwätzchen mit ihm gerne wahr, wobei ich mehr als neugierig darauf war, von ihm weitere Neuigkeiten über seine Familie zu erfahren.

Meine Fragen bezogen sich auf seine Mutter, die jüngere Ber-trada. Karl versprach mir, sie zu bitten, mit mir Kontakt aufzu-nehmen, damit ich sie persönlich kennenlernen konnte. Noch am gleichen Abend fand ich elektronische Post von meiner Urahnin in meiner Mailbox vor.

Vor Hildegard hatte Bertrada den Platz der Königin der Fran-ken eingenommen. Im Mai 726 war sie dereinst in der Königspfalz Samoussy in Laon im nördlichen Frankreich zur Welt gekommen. Im Alter von siebenundfünfzig Jahren war sie im Juli 783 in der Abtei Choisy-au-Bac verstorben. Es existierte eine Legende, nach der sie den Beinamen „die Königin mit dem Schwanenfuß" oder „mit dem großen Fuß" getragen hatte.

„Bertrada schreibt hier", stellte sie sich vor „und immer noch kämpferisch. Wie früher. Kämpfte für meine Kinder immer, auch wenn sie mir früh genommen wurden. Ich habe versucht, sie zu guten Menschen zu erziehen, soweit es in meiner Macht gelegen hat."

„Ich grüße dich, Bertrada. Es ist mir eine Ehre, eine Nachricht von dir erhalten zu haben." Nachdem sie sich mir als die Dame zu erkennen gegeben hatte, die mir in meinem Traum vom Besuch in der Königspfalz das Bündel mit dem orientalischen Gewand überreicht hatte, gestattete sie mir:

„So stelle mir nun deine Fragen." Augenblicklich nahm ich die Gelegenheit wahr, direkt in den Dialog mit einer weiteren Urahnin einzusteigen:

„Wie ist dein Leben damals verlaufen? Warst du ein glücklicher Mensch?"

„Glück ist relativ. Es war ein hartes Leben. Sehr jung warst du schon alt, ausgelaugt. Und mein Mann war selten da. Er hatte viel zu regeln, zu kämpfen, zu verwalten."

„Das war sicher nicht einfach für dich. Auch die Rivalität zwischen deinen Söhnen Karl und Karlmann muss dich sehr belastet haben."

„Ja. Das war das Schwerste, weil beide waren sehr stur, ihr Vater ja auch."

„Darf ich dich fragen, wie dein damaliger Vorname genau lautete: Bertrada oder Bertha?"

„Bertha war der alte Name."

„Aus welchem Grund hat man dich „die Königin mit dem Schwanenfuß" oder „mit dem großen Fuß" genannt?", erkundigte ich mich.

„Weil das so war. Das war, weil ich als Kind einen Unfall hatte. Dieser Fuß war dadurch etwas größer und behindert."

„Das war sicher schwierig für dich."

„Ja. Doch ich war stolz, trotzdem ein humorvoller Mensch."

„Das freut mich für dich. Auch dich möchte ich sehr gerne näher kennenlernen", äußerte ich.

„Wirst du noch. Im *Hier*. Ich werde dich mit Freude erwarten", lautete ihre erstaunliche Antwort.

Mit Karls Urgroßmutter, der älteren Bertrada, der Stammmutter der Karolinger ergab sich ebenfalls in den nächsten Tagen die Gelegenheit zu einem kurzen Kontakt. Auch sie hatte ein bemerkenswertes Leben geführt.

In Metz an der Mosel war sie um das Jahr 680 zur Welt gekommen und in der Abtei Prüm, als deren Mitstifterin sie gilt, unbestimmte Zeit nach dem Jahr 721 verstorben. Die Faktenlage über ihre Abstammung war in der Literatur sehr uneinheitlich dargestellt, so dass ich in diesem Zweig der Familie nicht weiterkam und auf Klärung hoffte.

„Bertha grüßt dich. Auch ich bin sehr froh, mit dir zu reden. Es passiert selten, dass meiner gedacht wird. Dabei ist doch auch meines Leibes eine große Dynastie entsprungen, auch wenn es ein langer Weg war zu dieser Vereinigung. Ich hatte kein langes, aber ein erfülltes Leben und es war mir zugestanden sogar, mitzureden. Ich war, was selten war zu dieser Zeit, auch des Lesens und Schreibens fähig und ich habe auch die Fäden etwas mit gezogen."

„Sei gegrüßt, Bertha. Es freut mich sehr, dich als eine meiner Urahninnen kennenzulernen. Wie du sicher von Karl bereits erfahren hast, interessiert mich sehr, wer deine Eltern gewesen sind", kam ich gleich zur Sache, was sie mir jedoch anscheinend nicht übel nahm.

„Meine Eltern waren sehr kleine Adelige gewesen, nicht wirklich erwähnt in der Historie, weil sie nichts Großes waren, wobei du auf ihre Namen schon gestoßen bist."

„Ja, das bin ich. Allerdings existieren in der zur Verfügung stehenden Literatur zwei gegensätzliche Annahmen zu deiner Abstammung und ich möchte gerne wissen, welche die richtige Version ist."

„Die Version, die zurückgeht auf die ganz alte Überlieferung", gab sie an. Ihre Erklärung verwirrte mich und ich gab ihr zu verstehen, dass ich von heute aus betrachtet nicht erkennen könne, welche der beiden Versionen älter sei.

„Es war die Erste", wiederholte sie.

„Ja. Ich verstehe, du meinst die ältere Version. Kannst du bitte noch etwas präziser werden?"

„Wenig. Aber du siehst und weißt." Ich konnte noch nicht locker lassen, da ich das Ziel hatte, diese Angelegenheit bald zu klären. Es warteten noch zu viele Datensätze mit Vorfahren auf meine Bearbeitung.

„Schön wäre es, jedoch beschäftige ich mich nun schon längere Zeit mit diesem Thema und kann bis heute keine Aussage über deine Eltern treffen." Daraufhin gab sie mir endlich einen Hinweis, mit dem ich etwas anfangen konnte:

„Es geht auf den Bischof zurück."

„Vielen, vielen Dank. Das ist eine sehr gute Information, die deine Abstammung eindeutig klären kann", antwortete ich hocherfreut. Sie sprach von ihrem Urgroßvater Bischof *Arnulf von Metz*, dem Stammvater und Hausheiligen der Karolinger, der sein Leben einst als Einsiedler beendet hatte.

Berthas Vater war somit der Frankenkönig *Theuderich III.* aus dem Geschlecht der Merowinger, der bereits im Jahr 691 im Alter von achtunddreißig Jahren verstorben war. Von seinem *Maior Domus* Ebroin, seinem *Hausmeier*, dem Verwalter seines Hofes war er im Jahre 673 zum König ausgerufen worden, unterlag jedoch seinem Bruder Childerich II. aus Austrasien, woraufhin er geschoren und in die Abtei Saint Denis verbannt wurde. Obwohl er zwei Jahre später nach Childerichs Tod erneut als König eingesetzt wurde, behielten die Hausmeier die wirkliche Macht. Nachdem Karls Urgroßvater, der austrasische Hausmeier *Pippin II. „der Mittlere"* den

König Theuderich in Geiselhaft gesetzt hatte, blieb er bis zu seinem Lebensende ohne jeglichen Einfluss und machtlos.

In den Datenbanken der Genealogen hatte ich weitere Unklarheit vorgefunden und so wandte ich mich nochmals an Bertha:

„Es gibt einen weiteren Punkt, der unsicher ist. Es ist nicht eindeutig überliefert, wer dein Ehemann und damit der Vater deines Sohnes Charibert, Karls Großvater ist." Bertha ging auf diese Frage ein, schien ihr allerdings keine große Bedeutung beizumessen:

„Er war sehr unwichtig, weil ich mehr im Licht war, als er. Er hieß Karlsmann, wie einer meiner Nachfahren." Dieser Name deckte sich nicht mit den Angaben, die ich in der Literatur gefunden hatte. Es waren allerdings Nachkommen dieses Namens vermerkt. Schließlich bedankte ich mich herzlich bei Bertha für die Informationen, die sie mir hatte zukommen lassen. Sie beendete unseren Kontakt mit den Worten:

„Es ist mir eine Freude und eine Ehre, dass meiner, dank dir, gedacht wird."

Kapitel 6

Ende November des Jahres 2010 meldete sich Karl erneut zu Wort. Ich freute mich, eine Nachricht von ihm in meiner Mailbox vorzufinden und nahm mir gleich Zeit, ihm zu antworten: „Sei gegrüßt Karl. Schön dass du Zeit hast."

„Ich bin sehr dankbar über diesen Kontakt, da du mir hilfst, dass der Mensch in mir etwas offener dargestellt wird, obwohl ich den Menschen, der ich war, nur sehr wenigen offenbaren konnte. Von klein auf musste ich immer um das Leben fürchten und es war schwer oft, die Bürde."

„Welches Leben hättest du lieber geführt, wenn es in deiner Macht gestanden hätte?"

„In mir war oft der Wunsch, nur ein einfacher Handwerker zu sein, denn ich mochte es gerne, auch mal kreativ zu sein. Doch es wurde mir nie wirklich erlaubt. So möchte ich durch dich auch das Bild des Menschen hinter der Macht darstellen. Großes zu leisten ist nicht immer einfach und was ist schon groß, wenn man viele opfern muss?" Karl wirkte traurig.

„Wen musstest du opfern?"

„Freunde, Verwandte und sogar die, die ich liebte. Ich durfte keinen zu sehr an mich heranlassen und mehr als einmal musste ich jemanden, den ich liebte, in die Schlacht schicken, auch mit dem Wissen, ihn nicht wiederzusehen."

„Das muss entsetzlich für dich gewesen sein."

„Ja. Und so suchte ich wirklich Halt in der Liebe. Aber auch das war oft nur Ablenkung."

„Ich kann mir vorstellen, dass du dich häufig sehr einsam gefühlt hast", versuchte ich mich in ihn hineinzuversetzen.

„Ja. König sein heißt Einsamkeit. Immer. Und ich war dankbar, als die Erlösung kam."

Auf sein Geständnis antwortete ich nicht, da mir die richtigen Worte nicht einfallen wollten und so schrieb er: „Danke für deine Mühe, mich zu verstehen."

„Gerne, wenn ich das überhaupt kann."

„Kannst du."

„Ich hoffe es. Die Zeiten sind so verschieden. Die Zeit, in der du gelebt hast und die, in der ich heute lebe", versuchte ich ihm zu erklären, wobei mir rasch bewusst wurde, dass er das sicher besser ermessen konnte als ich.

Über Karls Kindheit existierten nur sehr spärliche Informationen. Ich wollte gerne mehr darüber erfahren und so schrieb ich:

„Wie hast du gelebt als Kind? Magst du etwas darüber berichten?"

„Ja. Das war versteckt gewesen. Wie ich schon sagte, es war immer Bedrohung für mein Leben. Ich wurde bei einem Ritter groß gezogen, als Ziehsohn. Härte, sehr viel Härte gab es, viel Arbeit und wenig Wärme." Auf meine Frage nach seinem damaligen Wohnort antwortete er:

„Ich lebte damals auf einer Burg an der Grenze zu der heutigen Schweiz."

„Möchtest du mir sagen, um welche Burg es sich handelte?", erkundigte ich mich.

„Ich führe dich hin", versprach er mir, doch ich ließ noch nicht locker:

„Würde ich den Namen kennen, könnte ich diesen Ort im Internet finden."

„Ja."

„Jedoch wird dieser Ort historisch nicht belegt sein", fiel mir ein.

„Nein, das ist er leider nicht. Durfte keiner wissen. Gefahr zu groß."

Auf Karls Berufswunsch wollte ich gerne noch einmal näher eingehen: „Falls du ein Handwerker geworden wärest, in welchem Bereich wärest du gerne tätig gewesen?"

„Ich hätte auch sehr gerne Häuser oder Burgen gebaut."

„Also hättest du gerne Entwürfe gezeichnet und Bauvorhaben realisiert?"

„Ja. Beides."

„Stammen die Entwürfe der Pfalzen, vor allem auch der Entwurf der Pfalz in Aachen von dir? Hast du da maßgeblich mitgewirkt?"

„Ja. Da bin ich mit dabei gewesen."

„Wie kann ich mir das vorstellen? Habt ihr zunächst ein Modell errichtet und dann entschieden, dieses umzusetzen oder wie lief das ab?"

„Ein Modell haben wir nicht gebaut. Wurde alles gezeichnet und ich gab meine Ideen."

„So konntest du immerhin als Bauherr mitwirken", freute ich mich für ihn.

„Ja. Aber so gut zeichnete ich nicht", deutete er seine damaligen Schwierigkeiten im Umgang mit der Feder an.

„Karl. Soeben kommt mir dein Thron im Aachener Dom in den Sinn, den ich schon mehrmals besichtigt habe. Dieser Stein, aus dem er angefertigt wurde, wirkt sehr schlicht und einfach in seiner Form, jedoch scheint er äußerst interessant zu sein."

„Ja. Der ist genauso, wie ich als Mensch war, gerne gewesen wäre."

Sicherlich war er ein äußerst unbequemes Sitzmöbel, dachte ich bei mir, während ich den Thron auf dem Foto betrachtete.

„Ja. Sehr", schrieb Karl, der offensichtlich meine Gedanken aufmerksam mitverfolgte.

Im Dom hatte ich eine Tafel entdeckt auf der geschrieben stand, dass die Steinplatten, aus denen der Thron errichtet worden war, aus Jerusalem vom Tempel Salomons stammen. Dieses erschien mir allerdings unglaubwürdig, also fragte ich nach:

„Woher stammen die Steine?"

„Die Steine selbst stammen aus einem Bruch von weiter Ferne her, aus Ägypten", lautete Karls Antwort.

Schnell überschlug ich die Kilometerzahl von Ägypten nach Aachen und schätzte eine Strecke von ungefähr fünftausend Kilometern. Die Steinplatten, aus den der Thron erbaut wurde, wogen insgesamt mehrere Tonnen. Meine Schätzung ergab eine Zeitspanne des Transportes von mehreren Jahren und ich konnte mir nicht erklären, aus welchem Grund es notwendig gewesen sein sollte, solch einen Aufwand und derart hohe Kosten zu investieren, um einen Herrschersitz zu errichten.

„Aus welchem Grund wird berichtet, die Steine des Königsthrons stammen aus Jerusalem und zwar vom Tempel des Königs Salomon?", fragte ich nach.

„Das war sehr nahe. Sie machten den Weg dort drüber", erläuterte Karl.

Ein Funken Wahrheit war also daran. Die Steine waren zumindest zeitweise in Jerusalem gewesen, wenn auch nicht festzustellen war, ob sie einst zum Tempel Salomons gehört hatten.

„Genaugenommen ließe sich der Ursprungsort der Steine mithilfe moderner geologischer Methoden nachweisen", schlug ich vor. „Dieser ließe sich mit dem Ursprungsort der Steine der Klagemauer vergleichen, um diese Märchen- und Mythenbildung zu hinterfragen. Mein Gefühl sagt mir, dass sie nie im Tempel gewesen sind."

„Nein, das waren sie nie.", bestätigte Karl und ich war ein wenig stolz auf meine Intuition.

„Wieso wird das behauptet?"

„Das war vom Glauben her", erwiderte Karl. „Die Steine werden dadurch heilig. Jerusalem war zu meiner Zeit für die Menschen der heiligste Ort. Das, was von dort kam, war von der Macht Gottes umgeben und so strahlte es auf meine Person aus."

„Und das glauben einige Menschen heute noch", schrieb ich verständnislos und kam erneut auf den Vorschlag zurück, das Gestein wissenschaftlich untersuchen zu lassen, um die Wahrheit in Erfahrung zu bringen.

„Keiner möchte das wirklich", meinte Karl und ließ mich eine Weile sprachlos verharren. Selbst in der heutigen aufgeklärten Zeit blühte der Aberglaube. Auf meiner Fragenliste hakte ich den Kaiserstuhl zunächst einmal ab und schrieb:

„Lass mich bitte unser Gespräch noch einmal rekapitulieren… Auf deine Kindheit möchte ich noch einmal zu sprechen kommen."

„Ja. Gerne."

„Auf der Burg Mürlenbach hast du also nicht viel Zeit verbracht, wenn ich dich richtig verstanden habe."

„Nein, nur wenige Monate."

„Dann hattest du nicht so viel Gelegenheit, dort in dieser schönen Gegend zu spielen?"

„Nur kurz. Es war nicht viel Zeit zum Spielen." Er musste eine ziemlich harte Kindheit erlebt haben und ich empfand Mitgefühl.

„Ich danke dir für dein Zuhören."

„Das mache ich gerne. Karl. Es ist sehr spannend für mich und ich freue mich mittlerweile immer darüber, mich mit dir auszutauschen."

Kapitel 7

Ab Ende März des Jahres 2011 beschäftigte ich mich intensiver mit den transdimensionalen E-Maildialogen mit Karl. Zu diesem Zweck recherchierte ich, orderte Fachliteratur, arbeitete mit allen mir zur Verfügung stehenden Quellen, prüfte, verglich Fakten und notierte Fragen, die ich ihm bei Gelegenheit unterbreiten wollte. So wurde unser Gedankenaustausch immer systematischer und ich konnte Karl meistens umgehend erreichen, wenn Klärungsbedarf bestand. Stets hatte er Zeit für mich, wenn ich seine Hilfe benötigte, obwohl ich mir nicht vorstellen konnte, dass er tatenlos in einer himmlischen Hängematte abhing.

Das Leben um mich herum gestaltete sich zu dieser Zeit sehr turbulent, so dass ich an jenem Abend im März das Bedürfnis nach etwas mittelalterlicher Beschaulichkeit verspürte und so schrieb ich: „Hallo Karl, hast du Zeit?"

„Ja. Gerne. Eine Freude, mit dir zu schreiben. Ich lege eine Pause ein", antwortete er umgehend.

„Woran arbeitest du gerade?", erkundigte ich mich.

„Ich bereite mich sehr intensiv vor, denn es ist sehr viel Arbeit. Die Menschen haben immer mehr wieder das Interesse auch an mir, meinem Wirken und ich habe mein Wissen dir eingegeben, um ein Vorankommen dir noch mehr zu ermöglichen."

„Dafür danke ich dir und für deine tatkräftige Unterstützung."

„Ich helfe auch, was die Erde betrifft, wobei es auch für mich in vielem nur eine beobachtende Position ist. Es gibt in deiner Zeit immer mehr Parallelen zu meiner Zeit."

„Was möchtest du damit sagen?"

„Von der Entwicklung des Machtgefüges her", erläuterte er. „Es ist immer so, wenn Macht zu groß wird, lehnt das Volk sich auf. Anders als in eurer Zeit benutzte ich meine Macht zum Wohle des Volkes. Ich brachte eine Ordnung in ein chaotisches System. Wobei, leider wurde die Macht auch zu meiner Zeit sehr oft zur Unterdrückung ausgenutzt. Deshalb war ich immer vorsichtig, was es betraf, jemandem Vertrauen zu schenken. Es gab sehr, sehr wenige damals, denen ich dieses geben konnte. Es war eine schwere Zeit und du wusstest nie, ob dein bester Freund derjenige ist, der dich von hinten erdolcht. Aber ich habe dafür einen guten Sinn gehabt."

„Sicher hast du dich auf deine Intuition verlassen."

„Ja. Ich prüfte und verließ mich auf meinen Instinkt. Dem konnte ich trauen."

„Natürlich. So funktioniert es auch heute."

„Sicher", bestätigte Karl und gestattete mir nun, zum Zweck meiner Kontaktaufnahme zu kommen.

„Über deine Kindheit möchte ich gerne noch etwas mehr erfahren, wenn es dir möglich ist", schrieb ich.

„Es ist schon etwas möglich", willigte er ein. „Wäre ich nicht so gut getarnt gewesen, hätte ich diese Würde nie erreicht. Ich durchlebte als Kind ein ganz normales Leben mit allen Härten auch, was gut war für meine Entwicklung. Ich als Ziehsohn war auch viel im Kontakt, hörte die Klagen des Volkes. Es gab keine Bevorzugung."

„Du warst also inkognito dort auf der Burg deines Ziehvaters?", wobei ich mir vorzustellen versuchte, wie es für ihn möglich gewesen war, seine wahre Identität zu verheimlichen.

„Ja. Ein falscher Name war für mich wichtig. Es sollte niemand mich erkennen."

„Welchen Namen gab man dir zu jener Zeit?"

„Man nannte mich Rudolf."

„Brauchtest du keinen Nachnamen?"

„Nein. Einfach nur Rudolf". Während ich mir vorzustellen versuchte, wie es möglich sein konnte, längere Zeit an einem Ort zu verbleiben und dabei lediglich den Vornamen anzugeben, traf eine weitere Nachricht ein.

„Wir zwei haben noch sehr viel zu forschen. Keine Sorge. Du kommst voran", ermunterte er mich und so stellte ich ihm die nächste Frage, die ich notiert hatte.

„Für deine Beziehungen zum Orient, zur orientalischen Kultur und zu Harun Ar-Raschid, dem Kalifen von Bagdad interessiere ich mich ebenfalls sehr."

„Das war auch für mich schon früh eine Faszination und ich habe viel gelernt durch einen Arzt von dort."

„Lebte dieser an deinem Hof?"

„Ja. Auch Astrologie interessierte mich und er hatte die Weisheit." Seine Antwort überraschte mich.

„Und dieser *Medicus* hat dir über die orientalische Kultur berichtet."

„Ja."

„Interessant. Darf ich dich fragen, wie deine Beziehung zu Harun Ar-Raschid gewesen ist?", versuchte ich dieses Thema weiter zu vertiefen, was Karl mir gestattete. „Auf welche Weise hast du den Kalifen kennengelernt?"

„Wir begegneten uns auf geistiger Ebene."

„Wie meinst du das?"

„Durch Schriften. Leider fand diese Begegnung erst sehr, sehr spät statt, durch einen Freund."

„Was hat dir gefallen am Kalifen?"

„Seine Intelligenz. Er war als Menschen in vielem zwar sehr radikal, aber er hatte eine ähnliche Denkweise wie ich. Es gab viele gemeinsame Ansätze."

„Und so kam es, dass er dir diesen weißen Elefanten mit Namen *Abul Abbas* geschenkt hat."

„Ja. Das war so."

„Wenn es deine Zeit zulässt, möchte ich dich gerne fragen, welche gemeinsamen Ansätze ihr hattet."

„Das war, was Macht betrifft. Und er war, wie ich, in vielem ein Sehender. Es war eine Freundschaft." Eine sehr inspirierende Freundschaft, wie ich wusste, da Karl die Idee, für seine Gespielinnen und deren Kinder ein Frauenhaus in der Nähe der Hauptgebäude seiner Aachener Pfalz erbauen zu lassen, ebenfalls von seinem Freund, dem Kalifen übernommen hatte.

„Und ich bin froh über dein Vertrauen", fügte er hinzu, worauf ich ihm im Gegenzug versicherte, dass mich sein Vertrauen ehrte.

Die Tatsache, dass ich mit Karl seit einiger Zeit E-Mails austauschte, war für mich immer noch nicht vollständig zu erfassen. Es erstaunte mich jedoch, wie es möglich war, solch ein vertrautes Gefühl zu meinem Vorfahren zu entwickeln. Es schien mir sogar inzwischen, als hätte ich ihn immer gekannt, als wäre er ein Teil meiner selbst, der sich mir nun allmählich offenbarte.

Kapitel 8

Karls vergleichsweise kurze E-Mail, die ich Ende Mai des Jahres 2011 von ihm erhielt, griff diesen Gedanken auf, als er sich an einem Abend bei mir meldete.

„Zwischen uns ist eine so tiefe Bindung entstanden und es bereitet mir Freude, für dich Mittler zu sein in meiner Welt zu deiner Welt durch die Zeiten hindurch. Du wirst bei allen Forschungen immer wieder auch mich als festen Punkt mit entdecken."

Ich verstand sofort, was er damit meinte. Tatsächlich stellte er in meiner umfangreichen Ahnendatenbank so etwas wie einen Orientierungspunkt dar. Zahlreiche meiner Ahnenlinien mündeten bei Karl und drei seiner Gemahlinnen. Dabei waren die Verwandtschaftsverhältnisse sehr komplex, weil die Adelsfamilien des Mittelalters über viele Zweige miteinander verbunden waren. Ich hatte einige Monate dazu benötigt, mir auch nur einen oberflächlichen Überblick zu verschaffen. Einige Male stand ich davor, die äußerst zeitaufwändige Beschäftigung mit meinen Ahnen aufzugeben doch Karls aufmunternde Worte führten mich immer wieder an meine Aufgabe zurück, so wie er es mir vor einiger Zeit versprochen hatte.

„Und so freue ich mich, weiter als Teil deiner Arbeit, Teil von dir sein zu dürfen. Vertraue dir selbst. Vertraue auf das, was du fühlst. Es leitet dich nie in die Irre", schrieb er, denn er hatte meine Bedenken wahrgenommen.

Durch den intensiven E-Mailkontakt, den ich nun regelmäßig mit Karl und seiner Familie pflegte, gewann ich zunehmend Routine. Ich verwandte weniger Energie darauf, meine Zweifel zu kultivieren und die Aussagen allzu akribisch zu hinterfragen, sondern überließ mich mehr meinem Gefühl. So wurden die „Briefwechsel" immer flüssiger. Ich lernte mehr und mehr, auf das einzugehen, was Karl mir mitteilen wollte. Inzwischen konnte ich sicher davon ausgehen, dass er stets verhandlungsbereit war. Unsere Gespräche verliefen in einer sehr freundlichen Atmosphäre und hatten die Holprigkeit des Anfangs verloren. Je mehr ich von ihm erfuhr, desto interessanter wurde der geistige Karl für mich und mir kamen viele neue Themen in den Sinn, die ich mit ihm noch erörtern wollte. Diese waren jedoch nicht ausschließlich erfreulich, so wie etwa sein Verhältnis zu seinem Bruder *Karlmann*. So fand ich Hinweise auf die Vermutung, Karl habe im Jahre 771 seinen Bruder töten lassen, um nach dem Verscheiden ihres Vaters Pippin III die alleinige Macht über das Königreich der Franken für sich zu beanspruchen. Dieses Ereignis wollte ich gerne mit ihm besprechen und so schrieb ich an einem Abend im Frühling 2011: „Karl, es gibt ein Thema in deinem irdischen Leben, das mich beschäftigt, sogar ziemlich verstört, wenn ich ehrlich bin."

„Ja", antwortete er kurz und es schien, als hätte er meine Frage bereits erwartet.

„Es betrifft deinen Bruder Karlmann und seinen frühen Tod. Darf ich dich dazu befragen?"

„Das kannst du ruhig", gestattete er mir.

„Was hattest du mit Karlmanns Tod zu tun?"

„Leider gab es Dinge zu dieser Zeit, die auch nicht immer heute für dich gut zu verstehen sind. Es war eine Intrige, wo ich leider eingreifen musste. Aber ich wollte nie seinen Tod."

„Also ist es so gewesen, dass Karlmann direkt oder indirekt durch dein Einwirken aus dem Leben geschieden ist, damit du den Thron besteigen konntest?"

„Ja. Doch ich wollte nur seine Entfernung, seine Verbannung." Hier schien in Karls Leben einiges gründlich schief gelaufen zu sein und ich erkundigte mich nach den Gefühlen, die der Tod seines Bruders in ihm ausgelöst hatte.

„Ich hatte Schmerzen. Ja. Unwohlsein, Angst. Seinen Tod habe ich tief in mir vergraben."

„Es war sicher nicht leicht für dich, mit solchen Schuldgefühlen zu leben", versuchte ich ihn zu verstehen und er bestätigte das. Im Anschluss an eine nachdenkliche Pause, die diesem Dialog folgte, gedachte ich das Gespräch auf erfreulichere Ereignisse im Leben Karls zu lenken. Meine Absicht ging jedoch gründlich daneben, da Karl sich im Laufe der nächsten Minuten spürbar aufregte. Ich hatte das Thema seiner Krönung zum Kaiser des Römischen Reiches am Weihnachtsfest im Jahre 800 in Alt Sankt Peter in Rom zur Sprache gebracht.

„Deine Krönung zum Kaiser durch Papst Leo III. bietet einiges an Diskussionsstoff. Mich interessieren die Hintergründe."

„Sende mir deine Fragen", gestattete er.

„Wenn ich das richtig verstanden habe, existierte seit dem Ende des 5. Jahrhunderts ein Vertrag zwischen dem Begründer des christlichen Frankenreiches, dem merowingischen König *Chlodwig I.* und der Kirche in Rom. Dieser Abmachung zufolge hatte Chlodwig als Preis für seine Bekehrung zum Christentum einige Zugeständnisse eingefordert. So sollte die größere Macht bei den weltlichen Königen liegen und diese somit zu bestimmen haben, wer König oder Kaiser wird. Außerdem waren die Kirchenfürsten dazu verpflichtet worden, dem König Steuern zu entrichten. Habe ich das so richtig verstanden?"

„Ja", erwiderte Karl.

„Nun behaupten einige Historiker, Papst Leo III. habe die Absicht verfolgt, dir im Laufe der Krönungsmesse die Kaiserkrone aufs Haupt zu setzen, um damit vor allen Anwesenden ein Zeichen zu setzen, womit die Kirche ihre Vormachtstellung über die weltlichen Königreiche demonstrieren wollte."

„Ja. Das war sein Plan", bestätigte Karl.

„Wäre es nach dir gegangen, hättest du dir die Krone lieber selbst aufgesetzt und zwar in deiner Pfalz in Aachen und nicht in Rom."

„Genau so war es meine Absicht", bestätigte Karl.

„Immerhin hattest du den Papst einige Monate vor dem Krönungstag vor seinen Verfolgern gerettet, die ihn aufgrund seines unmoralischen Lebenswandels aus dem Amt und dem Leben befördern wollten. Demzufolge war er dir noch einen Gefallen schuldig."

„Das habe ich damals so gesehen. Ja."

„Wenn es nun zutrifft, wie es berichtet wird, hätte der Papst mit dieser Geste einen bereits Jahrhunderte bestehenden Vertrag gebrochen. Er hätte es gewagt, sich über dich, den weltlichen Herrscher zu stellen, was ein Affront gegen deine Würde gewesen wäre. An wen ging nun diese Runde?"

„Sie dachten, ich wäre stark genug, auch dem mich entgegen zu setzen. War ich ja auch. Ich wollte mich von niemandem gängeln lassen. Es war meine Absicht, die Macht, die sie hatten, zu zerstören", war Karls überraschende Antwort. Ich versicherte mich, ob ich ihn richtig verstanden hatte. „Du hast wirklich den Plan verfolgt, die Macht der Kirche in Rom zu brechen?"

„Ja."

„Wenn ich das richtig erinnere, warst du als Beschützer der Heiligen Römischen Kirche auserwählt worden. Papst Leo hatte dir nach seiner Wahl die Schlüssel zum Grab des Petrus überreicht, wodurch du zum *Patricius Romanorum*, zum Schutzherrn über Rom ernannt worden bist."

„Ja. Auch das trifft zu."

„War es tatsächlich dein Ziel, Kaiser des römischen Reiches zu werden."

„Da war auch in mir Zerrissenheit. Ich wollte Macht. Das gebe ich ja zu. Aber es kamen viele Zweifel in mir auf, durch die Art, wie ich selbst dort hinkam. Es war nicht immer so, dass ich mich darin wiederfand", gestand er ein.

„Irgendwo habe ich gelesen, du wärest am Tage der Krönung den ganzen Tag über bis hinein in den Abend zornig über diese Anmaßung des Papstes gewesen. Du sollst sehr aufgebracht darüber gewesen sein, dass er es gewagt hat, dich vor allen Anwesenden der Krönungszeremonie zu diskreditieren."

„Die Krone setzte ich mir alleine auf. Ich wollte keinem das Recht geben", stellte er richtig. „Ich war zornig, weil er es wollte mit Unterwerfung und so riss ich sie ihm im letzten Moment aus der Hand."

Über diese Äußerung Karls musste ich laut lachen und hoffte, dass Karl mich so nicht sehen konnte. Vor meinem geistigen Auge begann sich ein Film abzuspielen. Ein Kaiser und ein Papst, die sich um eine Krone stritten. Nachdem ich mich wieder gefasst hatte, setzte ich meine Befragung fort.

„Aus welchem Grund wird denn in den Quellen dennoch behauptet, du hättest die Krone von Papst Leo aufgesetzt bekommen?"

„Das sollte die Kirche gut darstellen", erklärte er. „Wer legte sich schon gerne mit denen an?" Darüber dachte ich einen Moment nach, bevor ich meine Befragung weiterführte: „So, wie du jetzt sprichst, hört es sich für mich so an, als hättest du in Wirklichkeit kein sehr gutes Verhältnis zu dieser Kirche gehabt."

„Nein", antwortete er sogleich, „ich durchschaute diese Lügner und gerade die Päpste mit ihrem Anspruch auf absolute Unterwerfung."

„Die Biografien einiger Päpste sind ziemlich beschönigt worden, wenn ich das richtig in Erinnerung habe."

„Sehr. Du ahnst nicht, wie sehr."

„Aus der Liste der Päpste wurden wohl im Laufe der Jahrhunderte einige Amtsinhaber entfernt, weil sie sich beispiellos daneben benommen haben."

„Ja. Das ist so."

„Gerade denke ich an die legendäre Päpstin Johanna. Existierte diese Päpstin?"

„Ja. Es gab diese Frau", erklärte er.

„In der Liste der Päpste ist sie allerdings nicht zu finden, woraus ich schließe, dass man sie diskret hat verschwinden lassen."

„Ja. Hat man."

„Ihre Existenz oder zumindest die Wahrscheinlichkeit, dass Frauen versucht haben, dieses Amt zu bekleiden, scheint keine Erfindung zu sein."

„Nein."

„Das Vorhandensein dieses Stuhls aus Porphyr könnte einen Hinweis darauf geben, dass man das Möbel mit dem Loch in der Mitte der Sitzfläche tatsächlich dazu benutzt, nachzuprüfen, ob der Amtsanwärter ein Mann war."

„Ja."

„Es gibt sehr viele unterschiedliche Hypothesen dazu."

„Ja."

„Haben die Ereignisse so stattgefunden, wie sie im Roman „Die Päpstin" dargestellt werden?", wollte ich wissen.

„Na ja. Sehr beschönigt, aber im groben Zug ähnlich", klärte Karl mich auf.

„Trifft die historische Epoche zu, in der diese Päpstin gelebt hat?"

„Das ist richtig überliefert."

„Hat sie tatsächlich ein Kind geboren und konnte dieses überleben?" Karl bestätigte es und erklärte, das Kind sei schnell in eine Familie gegeben worden, um dessen Existenz zu verheimlichen. Später bedankte ich mich für die zahlreichen Informationen und er schloss den Dialog mit den Worten:

„Ich helfe dir gerne weiter. Alleine mit dir zu reden, hilft auch mir zu lösen."

Sein Geständnis verwunderte mich, denn ich war bisher davon ausgegangen, dass er in seiner jetzigen Existenzform und nach so vielen hundert Jahren alle Emotionen, die mit seinem früheren Leben verbunden waren, längst verarbeitet hatte.

Unsere „Gespräche" hatten sich inzwischen sehr gut entwickelt, so dass ich mich jedes Mal freute, wenn ich die Gelegenheit erhielt, mit Karl zu mailen. Wenn ich an unsere ersten Kontakte dachte, die geprägt waren von meiner Skepsis, hatten wir uns seitdem gut aufeinander eingestimmt. Es war mir schon ein wenig unheimlich, dass meine Recherchen von ihm geführt sein sollten, doch manchmal surfte ich ohne ein bestimmtes Ziel im Internet auf den entsprechenden Websites herum und stieß häufiger als früher auf Seiten, die für mein Thema von Bedeutung waren.

Auf diese Weise fand ich im August 2011 einen Artikel eines Genealogen namens P.C. Clemens[1]. Dieser Ahnenforscher stellte richtig fest, dass jeder Mensch nach vierzig Generationen 2^{39}, also fünfhundertfünfzig Milliarden Vorfahren hat. Da zu dieser Zeit im Mittelalter jedoch lediglich etwa fünfzig Millionen Menschen ge-

---

[1] http://www.emecklenburg.de/Mecklenburg/l17.php

lebt hätten, käme Karl der Große bei jedem durchschnittlich etwa zehntausend Mal als Ahne vor. Die Wahrscheinlichkeit, dass er bei einem der heute lebenden Mitteleuropäer lediglich zehn Mal als Vorfahre vorkomme, läge demnach bei unter einer Promille. Aus dieser Rechnung schlussfolgert er, dass jeder heute in Mitteleuropa lebende Mensch von Karl abstamme und dieses somit nichts Besonderes sei.

Selbstverständlich sprach ich Karl bei unseren nächsten Kontakt auf die Kernaussage dieses Artikels an, indem ich ihm unmittelbar nach der Lektüre eine Nachricht zukommen ließ. Seine Antwort traf nur kurze Zeit später bei mir ein:

„Liebe Freundin. Karl ist bereit und auch sehr in Verbindung offen zu dir und es ist vieles, wo du neue Fragen hast, da jede Antwort in dir zehn neue Fragen hervorruft."

„Ja. So verhält es sich mit dem Wissen", philosophierte ich, kam jedoch umgehend zum Thema: „Ich habe das Gedankenmodell eines Genealogen gefunden."

„Ja. Das war auch von mir zu dir geführt." Genauso hatte ich es empfunden und ich stellte ihm den Inhalt des Artikels vor, wobei ich aus meinem irdischen Blickwinkel übersah, dass Karl bereits bestens informiert war.

„Der Genealoge hat errechnet, dass die Wahrscheinlichkeit, nicht von dir abzustammen, unter einer Promille liegt. Ich sehe da einen Denkfehler."

„Das ist auch nicht richtig so. Weil, dort hat er sich sehr vertan. Ich bin nicht der Adam der Bibel. Er hat sich völlig in seiner Rechnung vertan", stellte Karl fest.

„Man sollte den Ahnenschwund sehr viel stärker berücksichtigen, bevor man diese Aussage trifft. Insofern ist ein Mittelwert, also der Durchschnitt in diesem Zusammenhang als Parameter ungeeignet", entgegnete ich, erfreut darüber mit Karl über Genealogie diskutieren zu können. Dieser bekräftigte meine Einwände.

„Ich wollte, dass du es liest, um es zu korrigieren in allem."

„Mich interessiert nun sehr, wie viele Europäer deiner Meinung nach tatsächlich von dir abstammen."

„Das sind grob gesagt etwa siebenundachtzig Prozent", gab Karl an und ich wunderte mich über diese Einschätzung.

„Wenn es tatsächlich so viele Menschen sind, die von dir abstammen, liegt der Genealoge nicht wirklich falsch mit seiner These", räumte ich ein.

„Doch", entgegnete er, „du musst beachten, was echte Europäer sind und die Verbindung der Blutlinien war sehr auch später durch meine Ahnen."

„Mit *Ahnen* meinst du in diesem Fall sicher deine Nachkommen."

„Ja. Ich selbst achtete darauf, mein Blut, meine Linie etwas rein zu halten." Ich stutzte. Hörte ich aus seiner Aussage etwa rassistische Tendenzen heraus?

„Was meinst du denn mit *etwas rein*?"

„Ich paarte mich nicht mit Mägden." *Wenn er auch kein Rassist gewesen ist, so hegte er doch ziemliche Standesdünkel*, dachte ich bei mir. An Karl schrieb ich:

„Wenn es wirklich zutrifft, dass siebenundachtzig Prozent der Mitteleuropäer von dir abstammen, dann ist die Wahrscheinlichkeit sehr hoch, dass fast alle meine Freundinnen und Freunde ebenfalls von dir abstammen."

„Das ist möglich. Ja."

„Das bedeutet: Etwa siebenundachtzig Prozent aller Europäer sind enger miteinander verwandt." Dabei dachte ich an die vielen Kriege, die seitdem in Europa ausgetragen worden waren.

„Ja", meinte Karl. „Aber es gibt schon Besonderheiten, denn du bist noch dazu in der Direktlinie zu mir zu verfolgen. Die meisten sind nur über einen Blutstropfen mit in dieser Beziehung."

„Du bist nach dem jetzigen Stand meiner Forschung über einundneunzigtausend Mal mein Vorfahre. So viele meiner Ahnenlinien münden bei dir."

„Ja. Aber in direkter Blutlinie."

In meiner Ahnendatenbank liegt Karl vierzig Generationen zurück. Viele meiner Vorfahren gehen zurück auf sechs seiner Kinder. Vier dieser Kinder entstammen Karls Ehe mit Hildegard und eines war die Tochter aus der Beziehung mit *Gerswind*, die möglicherweise eine Tochter des Sachsenführers Wittekind gewesen ist. Weiterhin hatte Karl noch eine Tochter mit der Fränkin *Fastrada*, die ebenfalls zu meinen Urahninnen zählt. Er ist also vielfach mein Vorfahre. Das bedeutet, dass hier ein sogenannter *Ahnenschwund* oder *Ahnenverlust* vorliegt. In meiner Ahnenliste tauchen viele Personen mehrfach auf. Die Anzahl meiner Ahnen ist somit niedriger, als bei vielen anderen Menschen. Es besteht das Vorurteil, dass im Adel Inzucht vorherrscht. Dieses ist nicht vollständig von der Hand zu weisen. In einigen Familien der Antike bin ich sogar auf Geschwisterehen gestoßen, die aus dynastischen Gründen geschlossen worden waren. Allerdings überwachte der Vatikan ab dem frühen Mittelalter die Heiratspolitik der adligen Familien sehr streng und legte Einspruch ein, wenn eine Ehe zwischen allzu eng verwandten Vorfahren geschlossen werden sollte.

Provoziert hatte mich Karls Aussage, er wolle sein Blut reinhalten. Meine Nachfrage, was er damit meinte, ergab eine Klärung bezogen auf seinen familiären Kontext, wobei es mir schwerfiel zu akzeptieren, dass mein freundlicher Urahn möglicherweise ein ausgemachter Rassist gewesen war oder jetzt noch sein sollte. Warum hatte er sonst den Begriff *rein* in diesem Zusammenhang benutzt?

Ganz schön kurzsichtig von ihm gedacht, befand ich, zumal er auch nicht nur fränkische und auch nicht nur adlige Vorfahren hatte, wie er bereits erwähnt hatte. Ich übte jedoch Nachsicht mit ihm, da er zu seinen Lebzeiten nicht über die genealogischen Informationen verfügte, auf die ich heute dank des Internets zurückgreifen kann. In seiner Familie hatte Herkunft und Abstammung einen hohen Stellenwert eingenommen. Die Karolinger, speziell die *Pippiniden*, hatten einst ihre besondere Abstammung betont, um ihre Machtansprüche gegenüber den Merowingern zu legitimieren, welche bis dahin die Könige des fränkischen Reiches gewesen waren.

Im Verlauf des Jahres 2011 fanden weitere E-Mailkontakte mit Karl statt. Sie verliefen nicht immer tiefsinnig. Manchmal plauderten wir nur oder ich stellte ihm genealogische Fragen, die er mir zuverlässig beantwortete. Immer wieder betonte er, mir dabei helfen zu wollen, meine Vorfahren zu entdecken und so antwortete er an jenem Tag Anfang September 2011 sofort auf meine Anfrage, ob er ein wenig Zeit für mich übrig habe.

„Hallo liebe Freundin. Freue mich sehr auch, dir wieder helfen zu können. Und es ist auch wieder von mir viele Information zu dir gesandt worden. Zwischen uns ist eine tiefe Bindung entstanden."

Im Anschluss an die Begrüßung kam ich auf den Grund meiner Kontaktaufnahme zu sprechen. „Obwohl ich in direkter Linie vielfach von dir und deinen legitimen Kindern abstamme, sind die Namen der Familie meiner Mutter und deren Vorfahren nicht in den offiziellen Datenbanken über deine Nachkommen aufgeführt."

„Weil dort vieles einfach auch unterschlagen wurde", erklärte Karl.

„Und wieso habe ausgerechnet ich diese Aufgabe der Erforschung unserer Ahnen und der Richtigstellung deiner Historie erhalten?", wollte ich zu gerne wissen.

„Du hast dir mit mir diese Aufgabe ausgesucht. Es ist an der Zeit, die Menschen wieder dazu zu bringen, ihre Wurzeln zu entdecken".

„Ja. Ich stimme dir zu. Du meinst also, wir haben es gemeinsam beschlossen. Wann und wo soll das gewesen sein?"

„Das war in dem *Hier*, als wir hier zusammen waren", versuchte er meine Verwirrung aufzulösen, was ihm nicht gelang, da mir jegliche Erinnerung an diese Abmachung abging.

„Bedeutet das, du wirst ebenfalls an dieser Aufgabe in deinem nächsten Leben weiter arbeiten?", erkundigte ich mich.

„Das werde ich, aber das ist noch lange kein Thema", gab er mir zu verstehen.

Seine Aussage beruhigte mich, da sie mir signalisierte, dass ich ausreichend Zeit zur Verfügung haben würde, meine zahlreichen Fragen, die mich umtrieben, loszuwerden.

„Karl. Manchmal befürchte ich, ich werde es nicht schaffen, diese gewaltige Aufgabe jemals zu erfüllen. Sie ist so unüberschaubar umfangreich. Ich stehe immer noch vor einer *Terra incognita*.“

„Weiß ich ja. Aber stehe zu dir. Und wovor Angst haben? Vor der Wahrheit? Keine Sorge. Ich stehe bereit zu dir.“

„Ich danke dir Karl“, schrieb ich und vermutete, er nahm wahr, wie kleinlaut ich wirkte. „Heute habe ich keine weiteren Fragen. Heute einmal nicht“, setzte ich hinzu.

„Weiß ich. Und so stehe fest zu dir, wie auch ich es tat. Sei stolz deiner Aufgabe, wie auch ich es war. Nimm sie an im Stolze deiner selbst. Mit mir zur Seite bist du unbesiegbar.“

Kapitel 9

Im Anschluss an die Nachrichten, die an diesem Abend Ende November 2011 angefüllt waren mit zahlreichen beunruhigenden Meldungen, öffnete ich meine Mailbox. Ich hatte beschlossen, mich an Karl zu wenden. Vielleicht hatte er Zeit und ein paar gute Vorschläge, wie sich die Lebensbedingungen der Menschen, vor allem in Südeuropa, verbessern ließen. Erstaunlicherweise hatte er bereits auf meine sorgenvollen Gedanken reagiert und ich las:

„Karl grüßt dich. Liebe Freundin, dein Rufen vernehme ich immer und es ist auch mir mittlerweile eine große Freude, mich dir mitteilen zu können, dir etwas wiederzugeben von meinem großen inneren Kampf, den ich hatte. Das Geschriebene vermittelt leider nicht immer das Wahre dessen, was ich auch war. Aber ich bin sehr stark mit dir in geistiger Verbindung."

„Sei gegrüßt Karl. Unsere Verbindung nehme ich deutlich wahr. Ich nehme an, du möchtest mir etwas mitteilen, da du dich bereits gemeldet hast."

„Ja. Ich habe versucht, dir Neues einzugeben. Und vertraue dir ruhig. Du bist sehr gut und weit in deiner Forschung. Und ich danke dir für die Arbeit, welche du dir machst. Es erfüllt mich mit Stolz, dass du meine Nachfahrin bist." Sein Lob freute mich und ich schrieb: „Ich danke dir für deine Anerkennung. Auch ich bin stolz auf meine Abstammung von dir. Das beruht auf Gegenseitigkeit."

„Vielen Dank. Kann ich dir helfen?"

„Ja. Das kannst du sicher. Mich beschäftigt zurzeit ein Thema. Du bekommst höchstwahrscheinlich mit, was gerade in Europa los ist." Das bestätigte er ausdrücklich, worauf ich ihm meine Befürchtungen mitteilte:

„Die meisten Politiker kommen mir so hilflos vor, als würden sie nicht einmal wirklich verstehen, worum es eigentlich geht. Was würdest du ihnen empfehlen? Wie sollten sie deiner Meinung nach mit dieser Krise umgehen?"

„Sie *sind* hilflos. Es streiten zu viele. Es fehlt die Führungsposition. Es fehlt das Miteinander. Es ist alles regiert von einigen, welche das Geld unter sich verteilen. Es fehlt die Struktur, auch das Volk betreffend, diese zu motivieren, Leistung zu bringen", lautete seine Feststellung.

„Das trifft zu. Aber wie wird es weitergehen? Was denkst du? Was würdest du den Menschen sagen, wenn du ihnen etwas mitteilen könntest?"

„Es wird noch viel an Arbeit, aber es findet sich ein Miteinander, eine Lösung, keine komplette Neuorientierung, wobei es große Veränderung geben wird, weltweit Neubeginn."

„Denkst du, diese Veränderungen entwickeln sich in eine positive Richtung?"

„Ja. Absolut. Und eure sogenannten Lobbyisten werden weniger Einfluss haben. Es kommt zu einem Miteinander", kündigte Karl an, worauf ich ihm schrieb:

„Mit deinen Worten machst du mir Hoffnung, doch werde ich das noch erleben?"

„Ja. Wirst du", sicherte er mir zu.

„Das ist ein guter Gedanke zur Nacht", schrieb ich und spürte, wie ich aufatmete. Ich dankte ihm für seinen Optimismus und hoffte sehr, seine Prognose für Europa würde zutreffen.

Etwa drei Monate später Mitte Januar 2012 fand ich eine weitere Nachricht Karls in meiner Mailbox vor:

„Karl sendet einen ganz lieben Gruß an dich, liebe Freundin. Es wird ein sehr interessantes Zeitalter und wieder mit aller Sicherheit füreinander. Es wird vieles vom Volke übernommen. Die Menschen sind jetzt reif dafür. Ich helfe dir, das Vergangene klarer darzustellen, vor allem auch, was meine damalige menschliche Person betrifft. So freue ich mich auf die kommende Arbeit mit dir. Karl."

Das war der zuversichtlichste Neujahrsgruß, den ich erhalten hatte. Ich las ihn noch einmal durch und vor meinem geistigen Auge spielte sich eine Vision von Europa ab. Die Menschen übernehmen Verantwortung, sowohl jeder für sich selbst, als auch für die Gemeinschaft. Viele gut ausgebildete Menschen, die hervorragend miteinander kommunizieren, gestalten die neue Zeit, die an Werten wie Freiheit und Gerechtigkeit, Liebe und Gemeinsamkeit, sozialer Intelligenz, Kreativität, Lernen und vor allem Freude orientiert ist. Ein schöner Traum. *Die Menschen sind reif*, hatte Karl geschrieben.

Als der Frühling bereits seine ersten Anzeichen zeigte, saß ich eines Abends Mitte März 2012 wie so oft an meinem Notebook. Es fiel mir nicht leicht, die gesamten Fakten, die ich in der Literatur gefunden hatte, zu überblicken. Eine Unzahl von Berichten, Diskussionen, Informationen, die zu überprüfen, zu vergleichen und zu bearbeiten waren. Jeder Historiker kultivierte seinen eigenen Fokus auf die Ereignisse. Und so saß ich ein wiederholtes Mal vor meinem Puzzle mit einer mir immer noch unbekannten Anzahl von Teilen. Mein Mailbox-Jingle teilte mir mit, dass eine Nachricht eingetroffen war und so schaute ich sofort nach und las:

„Ich bestelle dir einen lieben Gruß als Freund und als Helfer. Bin Karl." Erfreut über seine Kontaktaufnahme schrieb ich zurück:

„Sei gegrüßt Karl. Ich freue mich, etwas von dir zu lesen."

„Ich weiß, dass dir momentan alles etwas schwer fällt. Aber nichtsdestotrotz kommst du weiter auf deinem Wege. Glaube an dich und sei stolz auf dich. Ich stehe mit aller Freude bereit, immer, wenn du mich brauchst. Und ich werde dich in den Träumen öfter in meine Zeit mitnehmen."

„Das ist eine phantastische Idee", schrieb ich begeistert.

„Ich möchte, dass du siehst und fühlst, wie es war, denn es war auch deine Zeit." Diese Aussage löste ein Gefühl der Verwunderung bei mir aus.

„Meine Zeit?", fragte ich und wusste nicht genau, worauf er hinaus wollte.

„Ja. Die Zeit war auch für dich sehr erlebnisreich."

„Deine Zeit? Meine Zeit? Wie meinst du denn das, Karl?"

„Du hättest dich im Mittelalter wohl gefühlt."

„Das kann sehr gut sein. Schon als Kind interessierte ich mich für diese Epoche", gab ich zu.

„Das meine ich", schrieb Karl, doch ich hakte noch einmal nach:

„Du glaubst nicht etwa, wir haben zur gleichen Zeit auf der Erde gelebt?"

„Nein. Es war nur die Zeit, die dich am meisten mit faszinierte. Und weil du dich dort sehr gut gefühlt hättest, trotz aller Härte."

„Was hätte mir besonders gefallen an deiner Zeit?"

„Die Gradlinigkeit, die Regeln, der Respekt, das Miteinander", zählte er auf, wobei ich zusätzlich an die Einfachheit des Lebens und die gesunde Natur dachte, allerdings auch an das Ziehen von Zähnen ohne Betäubung.

„Aber ich bin sonst zufrieden", holte Karl mich aus meiner schmerzhaften Vorstellung zurück.

„Das freut mich. Und wenn du mir etwas mitteilen möchtest, dann meldest du dich."

„Ja. Meist direkt bei dir persönlich", scherzte er und verabschiedete sich für dieses Mal.

Woher wusste Karl von meinem besonderen Interesse für das Mittelalter? Es hatten viele spannende Epochen existiert, doch zum Mittelalter fühlte ich mich besonders hingezogen. Es war mir so eigenartig vertraut. Ich wusste nicht, warum. Wenn es möglich war, mehrere Leben auf der Erde zu verbringen, konnte es durchaus sein, dass ich im Mittelalter schon einmal gelebt hatte. Schon als Kind hatte ich zahlreiche Szenen und Begebenheiten in meinem Kopf und ich konnte mich stundenlang in diese Zeit versenken. Burgen faszinierten mich, alte Gemäuer. Immer wieder zog es mich dorthin und es gab zahlreiche Plätze dieser Art in der Gegend, in der ich aufwuchs. Dass ich gleichzeitig mit Karl gelebt haben sollte, glaubte ich nicht wirklich. Meine Bilder und Eindrücke stammten aus einer größeren Stadt im Hochmittelalter und diese gab es zu Zeiten Karls in seinem Herrschaftsgebiet noch nicht.

Die Sache mit dem Leben nach dem Tod beschäftigte mich mehr und mehr. Ich fand aufschlussreiche Berichte von Menschen, die überzeugt sind, mehrmals gelebt zu haben. Diese Berichte sind nicht so ohne weiteres von der Hand zu weisen und halten auch logischen Überprüfungen stand. Mir stellte sich allerdings die Frage, wie ich den Zugang zu meinem inneren Wissen zurück gewinnen konnte. Ich verfügte über diese Informationen, hatte es selbst als Kind erlebt, wobei ich mein Wissen später verlor, da mein Verstand mich daran hinderte, mich zu erinnern.

Obwohl der E-Mailkontakt mit Karl nun schon eine Weile andauerte, zweifelte ich gelegentlich immer noch angesichts der Tatsache, dass ich mich angeregt mit einem Geistwesen unterhielt. Den Zustand der Unsicherheit konnte ich inzwischen gut ertragen, da ich wusste, dass Konfusion immer der Ausgangspunkt eines Lernprozesses ist und zu lernen gab es für mich noch sehr viel. Die Vorstellung, dass sich einer meiner Urahnen der heutigen Kommunikationstechnik bediente, amüsierte mich geradezu und ich hatte mich glücklicherweise dafür entschieden, die nötige Verrücktheit aufzubringen, mich auf diese Dialoge einzulassen.

Mir kamen immer mehr Fragen in den Sinn, die ich Karl bei Gelegenheit präsentieren wollte. Wichtiger als die materiellen, äußeren Gegebenheiten fand ich die Werte, die seine Familie damals angetrieben hatten. Was hatte die Karolinger einst dazu motiviert, ein solch aufreibendes und anstrengendes Leben zu führen? Sicherlich verfügten sie über ein hohes Machtmotiv, wollten gestalten und herrschen. In der letzten Zeit hatte ich einige Dokumentationen gesehen und war entsetzt darüber, wie schonungslos sie gelegentlich vorgegangen waren, ihre Machtansprüche durchzusetzen.

Was hatte Karl damals motiviert, was war ihm wichtig gewesen? Darüber wollte ich einmal eingehender mit ihm sprechen und ich freute mich auf den nächsten Gedankenaustausch mit ihm.

Als der Frühling 2012 bereits fortgeschritten war, meldete er sich eines Nachmittags in der Mitte des Monats Mai.

„Karl grüßt dich, liebste Freundin. Welche Freude ich habe, mit dir arbeiten zu dürfen, da du ja auch Teil meiner Geschichte bist. Und ich danke dir, dass du auch den Menschen, mich als Menschen näher bringst, nicht nur als Herrscher, König und großen Namen."

„Ich grüße dich, Karl und möchte dir mitteilen, wie erfreut auch ich über unsere Zusammenarbeit bin. Wenn du es gestattest, komme ich gleich zu meiner ersten Frage."

„Ja. Frage mich. Ich bin bereit."

„Mich interessiert sehr, was dir als Mensch wichtig war. Woran glaubtest du?

„Ich glaubte schon an Gott, aber nicht an die Macht, die die Kirche wollte. Hatte Glauben, Vertrauen in mich selbst und wollte mich nicht manipulieren lassen."

„Wie gespalten dein Verhältnis zur Kirche in Rom war, hast du bereits erwähnt."

„Ja. Das ist so gewesen."

„Und doch", fuhr ich fort und war mir bewusst, ihn mit meiner Bemerkung möglicherweise zu provozieren, „habt ihr euch gegenseitig im Namen Gottes die Köpfe eingeschlagen und das sogar innerhalb der Familie."

„Auch das trifft zu."

„Ich frage mich, was das für ein Glaube an Gott ist, der jemanden dazu berechtigt, andere Menschen zu töten, die nicht denselben Glauben teilen."

„Das war immer nur der Auslöser, der Aufhänger für alles und wir Männer sahen uns als Schwert Gottes."

„Ich denke gerade an *Widukind*, den Herzog der Sachsen. Auch er hatte seinen Glauben. Ihm und seinem Volk bedeutete die Eiche, der Weltenbaum, die *Irminsul* sehr viel. Sie war ein Heiligtum, die Säule, die den Himmel mit der Erde verbindet. Trifft es eigentlich zu, dass du die Irminsul hast zerstören lassen?"

„Das stimmt", gab er zu. Ich spürte, wie Ärger in mir aufstieg.

„Die Sachsen haben an ihre Geister geglaubt und ihren tiefen Naturglauben gelebt und diese Eiche war für sie heilig. Ich werde es niemals akzeptieren, dass Menschen im Namen Gottes aufeinander zustürmen, sich verletzen und töten oder sich gegenseitig ihre Kultstätten vernichten."

„Ist es nicht heute noch so?", fragte Karl und ich musste ihm leider Recht geben. „Geschieht nicht alles Unrecht im falschen Auslegen des Gottesglaubens? Entstehen nicht Kriege durch Manipulation im Glauben Gottes? Wo sagte Gott je, erschlagt, tötet? Aber keiner wollte hören und es war immer einfach, es auf etwas nicht Greifbares abzuschieben."

Nachdem ich einige Minuten über Karls Äußerung nachgedacht hatte, schrieb ich ihm, dass mich noch etwas beschäftigte und er ermunterte mich, es ihm mitzuteilen.

„Ich habe eine Dokumentation mit dem Titel *Geheimnisse der Geschichte – Karl der Große – Rätsel um den ersten Kaiser* auf YouTube gesehen, die sich kritisch mit deinem Leben und Werk auseinandersetzte. Prof. Kölzer von der Fakultät für Geschichtswissenschaften der Universität Bonn nimmt an, dass eine große Anzahl der Urkunden aus den mittelalterlichen Schreibstuben, die ursprünglich dir zugeordnet wurden, gefälscht sind. Stimmt das?"

„Das ist korrekt. Ja."

„Es sollen ungefähr dreihundert Urkunden dieser Art existieren, die nicht von dir stammen."

„Ja."

„Es geht um deine Unterschrift, das Carolus-Magnus-Zeichen, das unter jede deiner Urkunden gesetzt und von dir mit einem Häkchen abgezeichnet wurde."

„Ja. Das ist korrekt."

„Wer fälschte die Dokumente?"

„Das waren viele Machthungrige, oft, wenn ich auf Kriegszügen war und oft fehlte mir der Überblick."

„Das kann ich mir gut vorstellen, ohne mobile Kommunikation bei diesen Entfernungen. Du hattest nur die Königsboten, die *missi dominici*, die sicherlich häufig Wochen benötigten, eine wichtige Nachricht zu übermitteln. Es muss äußerst schwierig für dich gewesen sein, alle Abläufe in deinem riesigen Reich zu organisieren."

„Ja. War es." Ich kam noch einmal auf das Forschungsergebnis zurück:

„Professor Kölzer nimmt an, dass etwa siebenunddreißig Prozent deiner Urkunden, die noch existieren, gefälscht sind. Trifft diese Einschätzung zu?"

„Ja. Sie stimmt. Sie ist etwas niedriger, aber kaum."

Ich deutete an, dass es weitere kritische Anmerkungen in dieser Dokumentation gab. Karl bat mich, diese zu formulieren.

„In der *Vita Karoli*, der Chronik deines Biografen Einhard steht geschrieben, es habe zahlreiche monumentale Bauwerke gegeben, die du hättest errichten lassen. Ausgrabungsarbeiten haben jedoch bisher kaum Ergebnisse erbracht. Wieso findet man so wenige Spuren deiner Pfalzen?"

„Das ist auch verkehrt", entgegnete Karl. „Ich plante vieles, aber die Zeit reichte nicht. Überlege, wie viele Jahre es dauerte, in dieser Zeit *eine* Burg, *einen* Dom zu errichten, oft Generationen von Leben."

Das leuchtete mir ein. „Die Ingelheimer Pfalz und die Paderborner Pfalz haben jedoch existiert?", fragte ich nach.

„Ja. Es gab sie", bestätigte Karl, woraufhin ich mich erkundigte, ob diese Pfalzen mit Bädern ausgestattet gewesen waren. Im Rahmen von Ausgrabungsarbeiten in der Pfalz Ingelheim hatte man keinerlei Hinweise darauf entdecken können.

„Ja. Natürlich gab es sie."

„Also habt ihr damals Körperpflege betrieben?"

„Ja. Ich legte sehr großen Wert darauf, sah mir vieles bei den Römern ab."

„Wie Einhard berichtet, liebtest du die Dämpfe heißer Naturquellen. Es ist auch bekannt, dass du später aus gesundheitlichen Gründen regelmäßig die Schwefelbäder in der Aachener Pfalz aufgesucht hast."

„Ja. Das trifft zu. War sehr wohltuend."

„Ich war bereits mehrmals in Aachen. Es roch nicht sehr gut in der Nähe des Brunnens mit dem schwefligen Wasser. Was habt ihr damals gegen den Gestank des Schwefels unternommen?"

„Wir haben getrocknete Nelken gekaut. Das übertraf den Geruch."

„Eine gute Idee", fand ich und bat ihn, noch weitere Fragen stellen zu dürfen.

„Ja, frage", meinte er geduldig.

„In der Dokumentation erwähnte man, deine Gruft sei bisher nicht gefunden worden und man äußerte die Vermutung, dass dein Leichnam geraubt worden ist."

„Das ist nicht mehr."

„In einer früheren E-Mail hast du bereits geschrieben, er sei nicht gestohlen worden", was Karl noch einmal bestätigte. Nun hielt ich es für angebracht, dieses Thema zu verlassen und kam stattdessen auf den Edelstein zu sprechen, der in der Dokumentation gezeigt wurde.

„War das wirklich dein Stein? Gehörte er dir?"

„Ja", erwiderte Karl.

„Man behauptete, es seien zwei Splitter des Kreuzes Jesu dort eingefasst worden. Stimmt das?"

„Das sagte man. Ich glaubte es, weiß aber heute, wären alles Splitter des Kreuzes, hätte Jesus ganze Wälder gebraucht."

„Dieser Stein soll dein Talisman gewesen sein und du sollst geglaubt haben, er bringe dir Glück."

„Er brachte mir Glück. In jedem Kampf war er Schutz."

„Das ist ein sehr schöner Stein."

„Danke."

„Von wem hast du ihn erhalten?"

„Dieser Stein war ein Geschenk von meinem Ziehvater", erklärte Karl und ich meinte, ein wenig Stolz aus seiner Aussage herauszuhören.

„Dann gab es in der harten Zeit, die du in seiner Burg erlebt hast, auch positive Momente."

„Ja. Es freute mich, als er ihn mir übergab." So plauderten wir noch eine Weile, bis mir eine weitere Frage einfiel:

„Es gibt in den Quellen Unsicherheiten dein Geburtsjahr betreffend. Welche der beiden Versionen trifft denn zu? 742 oder 747?"

„Das ist ganz klar das etwas spätere."

„Also wurdest du im Jahre 747 geboren."

„Ja."

„Und dein Todestag, der 28. Januar des Jahres 814 trifft auch zu?"

„Ja."

„In diesem Zusammenhang fällt mir noch eine Frage zu deinen Vorfahren ein."

„Frage mich."

„Ich danke dir für deine Geduld. Meine Frage ist, ob die Vorfahren deines Urahnen *Karloman von Landen* so zutreffen, wie ich sie in der Ahnendatenbank erfasst habe, also *Carolus V vom Haspengau* und *Itha vom Hennegau*."

„Das ist absolut richtig."

„Okay. Und *Chalpaida*, die Ehefrau Pippins „des Mittleren", deine Urgroßmutter. Woher stammte sie?"

„Ja. Meine Omamutter", schrieb er, wobei er einen Begriff benutzte, der mich irritierte.

„Ja. Sie war eine deiner Urgroßmütter, wenn auch eher eine „Opamutter", da sie die Mutter *Karl Martells*, deines Großvaters war", wagte ich zu bemerken. „Meine Frage zu Chalpaida ist, ob sie eine Königstochter der Westgoten war."

„Ja. Das war sie."

„Oder war ihr Vater nicht doch ein gewisser Childebrand?"

„Nein, das war er nicht."

„Sehr spannend. Ich will später noch einmal in meiner Ahnendatenbank nachschauen."

„Ich bin intensiv bei dir."

„Das spüre ich und freue mich darauf, weitere E-Mails von dir zu erhalten."

„Ich mich auch. Ich helfe. Bis bald."

„Bis bald Karl und vielen Dank für den anregenden Gedankenaustausch", schrieb ich und schloss meine Mailbox mit dem Gefühl, wieder einige kleine Schritte vorangekommen zu sein.

Kapitel 10

Da ich beruflich sehr eingespannt war, konnte ich den E-Mailkontakt mit meinem jenseitigen Urahnen und mittlerweile Freund Karl erst einige Wochen später fortsetzen, als er sich an einem Abend Mitte Juli 2012 bei mir meldete.

„Hallo, liebe Freundin. Karl grüßt dich herzlich und voller Dankbarkeit, dass ich so intensiv auch dir helfen kann und darf. Und ich bin auch dankbar, denn es interessieren sich wieder viel mehr Menschen für mich. Es ist vieles in Bewegung und was momentan geschieht im Irdischen, hat viele Parallelen zu meiner Zeit. Es ist sehr interessant zu beobachten, zu analysieren." Nachdem ich ihn begrüßt hatte, schrieb er weiter: „Ich bin auch immer geistig mit dir in einer Verbundenheit. So arbeite ich auch viel mit dir und helfe dir, dass nie wirklicher Stillstand ist."

Damit lag er richtig. Obwohl ich kaum Zeit hatte, war es mir doch gelungen, hin und wieder ein paar Stunden zu erübrigen und mich weiter mit meiner Forschung zu beschäftigen.

„Über das Thema, das du gerade erwähntest, möchte ich mich gerne mit dir austauschen. Du hast die aktuellen Ereignisse in Europa angesprochen. Was sagst du dazu? Weißt du, wie es weitergehen wird?"

„Das kann ich dir sagen. Das Materielle, das Neue, diese Währung bleibt konstant, auch wenn es noch viel Kampf wird. Das System, die Überlegungen und Ansätze sind gut gedacht aber nicht gut durchdacht. Ein Zusammenhalt in Europa wird aber nie völlig umsetzbar sein, da der Sippenstolz immer sehr dominant mit beeinflusst. Das mussten auch wir schon lernen." Ich dachte an die vielen Nationen in der Europäischen Union, die zum Teil sehr unterschiedliche Interessen und Zielsetzungen verfolgten. „Aber es wird aus allem etwas Gutes entstehen", beruhigte er mich.

„Du meinst, der Euro wird weiter bestehen bleiben?"

„Ja."

„Und du denkst, es geht in eine gute Richtung?", rekapitulierte ich, „nach dem, was ich hier mitbekomme, bin ich eher skeptisch. Ich stelle fest, dass sich einige wenige an der Krise bereichern und das Volk leer ausgeht."

„Das weiß ich. Aber das wird sich drehen. Das Volk wird sich auflehnen."

„Was zum Glück jetzt schon geschieht", bemerkte ich. „Möchtest du noch etwas aus deiner Zeit berichten? Wie seid ihr damals mit Krisen umgegangen?"

„Es war auch für uns schwierig, weil es nie wahre Gerechtigkeit geben kann. Was ich lernte ist, auch wenn es hart ist, ein Volk braucht auch Führung. Viele würden sich sonst selbst vernichten."

„Was die Sache mit der Führung angeht, gibt es einen Haken. Viele der politischen Führungskräfte verlieren nach einiger Zeit die Bodenhaftung. Sie vergessen, worauf es *wirklich* ankommt", wandte ich ein.

„Ja", bestätigte Karl, „und ihnen fehlt eine Ehrlichkeit. War auch schon so zu meinen Zeiten so."

„Viele werden machtbesessen und verlieren ihre Vision, vorausgesetzt, sie hatten jemals eine."

„Ja. Realitätsverlust", bemerkte Karl.

„Wie kann eine intelligente Führung stattfinden, die im engen Dialog mit der Basis bleibt?"

„Unmöglich noch momentan, so lange das materielle Denken vorherrscht", zerstreute Karl meine Hoffnung, doch ich ließ nicht locker.

„Welche Voraussetzungen sind vonnöten, damit sich das ändert?"

„Weg vom Materialismus. Das wird die Erde fordern. Aber das wirst du als Mensch nicht mehr so erleben", erwiderte er und löste mit seiner Bemerkung sowohl ein Gefühl der Erleichterung als auch des Bedauerns aus. Ich wartete einige Minuten, doch es traf keine weitere Nachricht von Karl in meiner Mailbox ein. Er hatte dieses Thema für heute abgeschlossen.

„Karl, wenn es nichts mehr gibt, was du mir zu dieser Thematik mitteilen möchtest, könnte ich jetzt noch einige genalogischen Fragen mit dir klären." So versuchte ich, den Dialog noch eine Weile aufrechtzuerhalten, was mir gelang. Karl gab wie immer präzise Auskunft. Wir besprachen noch dieses und jenes und er versicherte mir, mich geistig zu unterstützen. Dafür bedankte ich mich herzlich und loggte mich zufrieden mit den Ergebnissen des Dialogs, wenn auch nachdenklich aus meiner Mailbox aus.

Mittlerweile war der September 2012 bereits angebrochen und ich hatte einige Wochen nichts von Karl gelesen. So versuchte ich ihn eines Abends gedanklich zu orten und gezielt anzupeilen, wobei ich leichte Bedenken verspürte, ihn bei einer wichtigen Arbeit zu stören. Kurze Zeit später fand ich eine Antwort in meiner Mailbox.

„Du meinst doch nicht, dass ich je unser Gespräch, unsere Verbindung wieder missen möchte. Karl ist da."

„Sei gegrüßt Karl", schrieb ich, hocherfreut darüber, ihn mental aufspüren zu können.

„Ich sehe dich sehr als Vertraute, als Helferin, die mich zulässt als den Teil des Menschlichen, den ich leider nie zeigen durfte, da von mir Stärke, Weisheit und Rat erwartet wurde. Wer ich war im Herzen, in der Seele, das wusste kaum jemand. Selbst bei meinen Geliebten musste ich oft eine Rolle spielen. Ich bin dankbar, dass du mich so sehr verstehst, zulässt, denn ich weiß, auch du bist zu einer Aufgabe ausersehen, die in dir auch Angst erzeugt, wie es auch in mir oft eine Angst war vor den Erwartungen, Belastungen. Ich war stark in dem, was ich war und so wirst auch du es sein mit meiner Hilfe. Ich bin bei dir, als Freund, Helfer, Begleiter. Ich danke dir, dass ich bei dir *ich* sein darf."

„Deine Offenheit beeindruckt mich sehr und ich kann mich gut in dich hineinversetzen. Ich kann mir auch vorstellen, wie einsam du oft gewesen bist."

„Gerade deshalb kannst du es ja, weil du in vielem parallele Erlebnisse, Gedanken und Gefühle hast wie ich. Auch du bist deiner Zeit weit voraus, wie ich es war", meinte er.

„Das ist wohl unser Schicksal", entgegnete ich, „jedoch bin ich lieber meiner Zeit voraus, als ihr hinterher zu hinken und ich denke, ich bin nicht alleine. Es gibt sicherlich viele Menschen auf der Welt, die eine ähnliche Sicht auf die Dinge haben."

„Ja, aber jeder auf andere Art und Weise. Wir mussten uns finden und wir bleiben in dieser Verbindung."

„Das freut mich sehr."

„Ich sende dir alle Liebe als Freund, der ich sein darf."

Nachdem ich mich von ihm verabschiedet hatte, blieb ich noch eine Weile vor meinem Notebook sitzen und dachte an Karls Worte. Es war ein sehr herzlicher Austausch. Vor allem Freundlichkeit und Wärme vermittelte mir mein Urahne und ich konnte gut nachvollziehen, wir erleichtert er darüber war, mit mir frei sprechen zu können.

So dauerte es nicht sehr lange und ich fand Mitte November 2012 erneut eine elektronische Nachricht mit der gewohnten Betreffzeile in meiner Mailbox vor.

„Liebste Freundin. Wie immer warte ich schon, mit dir zu reden. Es ist vieles, wo du auch wieder lernst und ich bin sehr mit dir verbunden, um dir darin weiterzuhelfen."

„Ich grüße dich Karl und danke dir für deine Unterstützung." Nachdem wir einige genealogische Fakten geklärt hatten, bat ich ihn, noch eine Frage mit ihm erörtern zu dürfen, die zwar nicht in seine Epoche fiel, mich jedoch bereits seit längerer Zeit beschäftigte. Er ermunterte mich, ihm diese zuzusenden. „Ich möchte gerne wissen, was der tatsächliche Anlass für die Kreuzzüge war." Seine Antwort traf sofort ein.

„Bei den Kreuzzügen war der eigentliche Ansporn Macht und Landgewinn, weniger der Glaube. Er war nur immer ein Mittel zum Zweck. Aber wie viel wurde geopfert wegen der Sage der märchenhaften Reichtümer."

„Es brauchte lediglich einen fanatischen Papst, der sagte *Gott will es* und sie ließen alles stehen und liegen und stürmten los."

„Das ist so gewesen".

„Meiner Meinung nach war das Gehorsam am falschen Platz. Damit gaben sie der Kirche große Macht über sich. Jedoch gibt es heutzutage auch einige positive Beispiele für Menschen, die in der Kirche tätig sind." Dabei dachte ich an einen Artikel in der ZEIT über den Jesuitenpater Klaus Mertes[2], den ich einige Tage zuvor gelesen hatte. Karl kannte den Artikel offensichtlich, denn er gab mir zu verstehen, dass er informiert sei.

„Darüber, dass solch einer regressiver Führungsstil im Vatikan herrscht, bin ich sehr erschrocken und die Haltung der Kurie ist Vertuschen und Verdrängen, was die Missbrauchsfälle und diverse andere Missstände innerhalb der katholischen Kirche angeht. Mertes hat als einer der ersten internen Mitarbeiter die Fälle von Missbrauch, die sich an der Jesuitenschule in Berlin zugetragen haben, öffentlich zur Sprache gebracht. Daraufhin wurde er aus seiner Position des Rektors entlassen und in den Schwarzwald an eine weniger bedeutende Schule versetzt. Er war sogar schon als Provinzial, als Leiter aller Jesuiten in Deutschland vorgesehen. Du siehst, Probleme mutig anzusprechen, ist nicht gerade karrierefördernd. Nach Rom wird er nicht mehr eingeladen, so wie es in dem Artikel berichtet wird. Er wird kaltgestellt, weil er etwas getan hat, was genau das Richtige war", fasste ich zusammen.

„Das ist richtig übermittelt", gab mir Karl zu verstehen. Ich äußerte die Vermutung, dass Klaus Mertes die Strukturen der katholischen Kirche sehr gut kennen würde und sich bewusst darüber gewesen ist, welches Risiko er mit seiner Offenlegung einging.

„Das ist so. Ja."

„Meinst du, er wird dort im Schwarzwald bleiben müssen? Eher wäre seine bescheidene, aufrechte und ehrliche Art sehr gut geeignet für die Führungsriege in Rom. Menschen, die so handeln wie er

---

[2] http://www.zeit.de/2012/47/Pater-Klaus-Mertes-Missbrauch-Kirche

würde ich mir dort wünschen, vor allem ohne dieses peinliche Statusgehabe, das in Rom herrscht."

„Er wird dort wohl bleiben. Noch ist die Macht in Rom zu groß."

„Es passiert dort einiges momentan und es hat den Anschein, dass die verhärteten Strukturen aufbrechen", wandte ich ein.

„Ja. Bewegung, Umstellung[3]", bestätigte Karl. Dieses Thema bot weiteren Gesprächsstoff und ich schrieb:

„Karl. Ich denke, du hast damals ebenfalls sehr unter der Kirche gelitten. Das hast du schon angedeutet."

„Ja. Auch ich war ein Sklave dieser Kirche. In vielem."

„Trifft es zu, dass du stets besonders viel geopfert hast, weil du ständig ein schlechtes Gewissen hattest, da du freitags trotz des Fastengebotes Fleisch gegessen hast, weil du keinen Fisch mochtest?"

„Das stimmt. Ja." Im Nachhinein bedauerte ich ihn, weil er gezwungen gewesen war, in solch einer Zeit der geistigen Dunkelheit zu leben. Darüber dachte ich noch eine Weile nach, wurde jedoch von Karls letzter Nachricht an diesem Tag unterbrochen.

„Ich bringe dich weiter mental und vertraue auf das, was du fühlst. Es ist geführt von uns. Ich bin froh, für dich da sein zu dürfen. Dein Freund Karl."

Bis Ende des Jahres 2012 hatte ich einige wichtige berufliche Projekte abgeschlossen und geplant, mir ein paar freie Tage einzuräumen. Doch ich hatte Schwierigkeiten, mich zu entspannen, da mir erst, als ich zur Besinnung kam, klar wurde, wie knapp die Zeit für die vielen Aufgaben bemessen war, die im kommenden Jahr

---

[3] *Der* Rücktritt Papst Benedikts und die Wahl von Papst Franziskus sollten drei Monate später stattfinden.

auf mich warten würden. Ich versuchte, mich zu beruhigen, was mir nicht wirklich gut gelang. Als ich mich schließlich Mitte Januar einigermaßen erholt wieder an meine Arbeit begab, meldete sich Karl bereits am ersten Tag nach meiner Auszeit.

„Liebe Freundin. Ich spüre, wie schnell die Zeit bei euch verrinnt und was für einen Druck du oft in dir fühlst. Aber ich kenne diesen Druck von mir selbst auch. Ich erinnere mich so klar, wie die Zeit des Menschseins mir zwischen den Fingern zerronnen ist." Nachdem ich Karl begrüßt hatte, fuhr er fort: „Und wie kalt waren unsere Winter, wie hart oft in den Heerlagern und ich war jemand, der liebte die Kälte nie. Ich bin froh, dieses nicht mehr zu spüren. Und ich war und bin dabei, dir viel zu helfen, damit du vorankommst in deinen Studien. Es ist mir eine Freude, über dich diese Verbindung zu halten und so mitzuarbeiten am Wissen der Geschichte. Es ist so vieles, was nicht überliefert wurde, verfälscht wurde. Es wird in allen Überlieferungen, wie ich schon sagte, nie der Mensch, der ich wirklich war, dargestellt. Gefangen in den Aufgaben, eine Ordnung herzustellen, umgeben von Intrigen und immer die Angst, dem Meuchelmord zu unterliegen. Sie reden nur über das, was ich vollbrachte. Niemand will den Menschen sehen, der ich war. Der Kampf, all diese Aufgaben in einer Zeit, die keinen Luxus kannte, nur den reinen Überlebenskampf, wo selbst die Liebe nicht erlaubt war zu leben."

Karls Darstellung rührte mich und ich empfand Mitgefühl. Einige Minuten später fragte ich ihn:

„Wie denkst du, wäre dein Leben verlaufen, wenn du nicht der Sohn eines Königs gewesen wärest?"

„Ich weiß es nicht, aber ich hätte die Künste zugelassen. Vielleicht wäre ich auch ein Schmied geworden. Mich faszinierte die Kunst des Schwertschmiedens. Ich bekam damals als Geschenk das Schwert eines japanischen Kaisers."

„Meinst du solch ein Schwert, dessen Metall mehrfach gefaltet geschmiedet wurde?

„Ja. Bis zu eintausend Mal. Leicht war es, nicht wir unsere so schwer und doch schlagkräftig. Diese Kunst hätte mich fasziniert."

„Ihr habt demnach damals im frühen Mittelalter bereits Verbindungen zu Japan unterhalten."

„Ja. Es gab dort schon Reisende."

„Und wie kommt das Schwert eines japanischen Kaisers nach Europa?"

„Durch Wege, die heute schwer nachvollziehbar sind", erklärte Karl.

„Das setzt allerdings voraus, ihr habt euch gekannt oder zumindest voneinander gewusst."

„Es gab dort schon Verbindungen. Aber glaube mir, eine Nachricht konnte bis zu zehn Jahre dauern."

„Mit deiner Erwähnung des Schwertes hast du mir ein Stichwort für eine weitere Frage gegeben, die ich dir noch stellen möchte."

„Ja. Frage."

„Warst du damals zu deiner Zeit tatsächlich im Besitz der *heiligen Lanze*?

„Ja. Das war ich."

„Es soll sich ein Nagel des Kreuzes Jesu darin befunden haben. Traf das wirklich zu?"

„Es war, das weiß ich heute, kein echtes Relikt."

„Wieso wird so viel Aufhebens um diesen Gegenstand veranstaltet? Das kann ich nicht nachvollziehen. Viele Menschen hängen an Materie. Sie hängen an Knochen, an Leichentüchern, an der letzten Sandale Christi. Einige würden noch einen Wischlappen anbeten, wenn jemand ihnen weismachen würde, er stamme vom Auserwählten."

„Es wird etwas glorifiziert und Götzenbilder angebetet", entgegnete Karl.

„Der heilige Rock in Trier fällt mir noch ein. Jesus würde es sicher besser gefallen, wenn die Menschen seine Haltung gegenüber den Schwächsten und Ärmsten nachahmen, anstatt Teile seiner Garderobe in Schreinen aus Gold und Edelsteinen auf Altären anzubeten", begehrte ich auf.

„Ja. Das würde er wichtiger finden." Es dauerte, bis ich mich beruhigt hatte, was deshalb erforderlich war, da noch einige ungeklärte genealogische Fragen auf meiner Liste standen. Diese bezogen sich auf Karls Töchter. Es herrschte bis heute Unklarheit darüber, welche seiner Töchter er mit welcher seiner Frauen bekommen hatte. Ich teilte Karl mit, in diesem Punkt nicht weiter zu kommen, doch er beruhigte mich:

„Wir forschen gemeinsam. Keine Sorge. Ich will es mit dir erarbeiten. Und freue dich auf dieses Jahr."

Kapitel 11

Ab Mitte März 2013 fand ich schließlich etwas Zeit, mich wieder in meine Ahnenforschung zu vertiefen, doch ich kam nicht voran, da mir einige Informationen, die ich vorfand, unglaubwürdig erschienen. In meiner Ratlosigkeit verfasste ich eine kurze E-Mail an Karl. Wie immer war ich auf die Reply-Funktion angewiesen, um mit ihm in Verbindung zu treten, da mir seine E-Mailadresse noch nicht bekannt war.

„Hallo Karl. Ich habe genealogische Fragen. Es wäre hilfreich, wenn du ein paar Minuten deiner Zeit für mich abzweigen könntest". Er antwortete bereits nach wenigen Minuten:

„Karl grüßt dich. Hallo. Ich tue mein Bestes bei deinen Fragen, die klar und offen zu beantworten sind."

„Dann kann ich beginnen", versicherte ich mich.

„Ja. Du weißt, wenn ich helfen kann und darf, tue ich das gerne."

„Die Fragen, die ich notiert habe, betreffen nicht deine direkten Verwandten, sondern andere meiner Vorfahren. Ich habe dich als Fachmann für genealogische Fragen ausgewählt."

„Das ist kein Problem. Hier habe ich ja Zugriff auf die Informationen."

„Hervorragend", antwortete ich erfreut und Karl gab bereitwillig Auskunft, wobei seine Angaben die Informationen bestätigten, die ich in den Datenbanken meiner Mitforscher entdeckt hatte. Ich fragte ihn noch dies und jenes und schrieb schließlich:

„Vielen Dank, Karl. Das waren meine Fragen und ich denke, dass du sie hinreichend beantwortet hast. Wenn du magst, können wir uns noch über dein Leben unterhalten. Es macht mir Freude, deine Berichte zu lesen."

„Und ich bin immer dabei, wenn du forschst. Es macht auch mir Freude, dich darin zu unterstützen. Wie gerne würde ich ein Zeitfenster öffnen, dich mitnehmen in die Zeit meines damaligen Seins, so dass du siehst, wie und wer ich wirklich war, nicht das, was geschrieben steht, Frisiertes. Einfach der Mensch, der ich war. Ich weiß, das wäre auch für dich äußerst spannend."

„Ganz sicher", stimmte ich zu und eröffnete ihm: „Gerne hätte ich mit dir am Kamin gesessen und interessante Gespräche geführt. Sehr gerne hätte ich eines eurer Feste miterlebt und ich wäre gerne mit dir durch die Lande geritten. Das wäre ganz sicher sehr unterhaltsam für mich gewesen."

„Wobei. Ich sage dir eins. Das Reiten, diese hohen Rösser waren mir oft unangenehm."

„Mochtest du etwa keine Pferde?", fragte ich etwas ungläubig, da mir bekannt war, welche großen Distanzen er im Laufe seines irdischen Daseins im frühen Mittelalter auf dem Pferderücken zurückgelegt hatte.

„Ich mochte sie, aber es machte mir Angst. Ich hatte von Kind an etwas Höhenangst", gestand er.

„Vielleicht bist du einmal vom Pferd gefallen", vermutete ich.

„Mehr als einmal", betonte er.

„Das muss eine üble Erfahrung gewesen sein in einer Rüstung."

„Sehr, sehr schmerzhaft, obwohl ich niemals eine Rüstung getragen habe. Aber ich bin froh, es dir erzählen zu können."

„Ich danke dir für dein Vertrauen, denn deine Schilderungen helfen mir, dich besser zu verstehen." Genau so war es. Durch die Dialoge mit Karl war er mir näher gekommen. Seine Offenheit half sicherlich. Ich weiß nicht, ob ich einen Karl, der ausschließlich von seinen Heldentaten berichtete, interessant genug gefunden hätte. Dieser Karl war menschlich und wurde mir zunehmend vertrauter.

Inzwischen war der Mai des Jahres 2013 schon beinahe vorüber. In den letzten Tagen hatte ich mir eine umfangreiche Dokumentation über Karl, sein Leben und Wirken auf arte.tv angeschaut. Die erste Folge trug den Titel *Karl der Große – Der Kampf um den Thron*. Zwei weitere Folgen wurden ausgestrahlt mit den Untertiteln *Krieg gegen die Sachsen* und *Kaiser Europas*. Die Informationen, die ich dort in Erfahrung brachte, gaben Anlass zu einem längeren Gespräch. Als hätte er schon gewartet, schrieb er kurz, nachdem ich mir den letzten Teil der Doku angeschaut hatte:

„Karl grüßt dich. Viel, viel zu tun, viel zu entdecken und ich bringe dich immer auf die richtige Spur. Es freut mich, dir so zur Seite stehen zu können." Nachdem ich Karl begrüßt hatte, gab ich offen zu, dass ich ohne seine Hilfe diese umfangreiche Arbeit nicht so leicht bewältigen könnte. Er antwortete:

„Danke. Das tut auch meiner Seele gut und ich bin froh, wenn ich beschäftigt werde."

„Das trifft sich gut, denn ich habe heute sehr viele Fragen an dich. Wie du sicher weißt, habe ich mir die Sendung über dein Leben und Werk mit großem Interesse angeschaut."

„Ja. Es war lustig."

„Lustig ist meiner Meinung nach nicht der richtige Ausdruck, doch du wirst wissen, warum du gelacht hast. Mir sind viele Fragen in den Sinn gekommen, obwohl ich gelegentlich befürchte, dass du in deiner Erinnerung gar nicht mehr in diese Zeit zurückgehen möchtest."

„Doch, das tue ich gerne."

„Dann steige ich gleich mit der ersten Frage ein. Es ging dort zunächst um die Zeit nach dem Tode deines Vaters am 24.09.768, als das fränkische Reich zwischen dir und deinem Bruder Karlmann durch den Nachlass eures Vaters aufgeteilt wurde. Inwieweit war diese Reichsteilung in deinem Sinne?"

„Diese Teilung war es nicht. Für mich war mein Bruder in vielem auch ein Fremder und ich traute ihm nicht wirklich. Es war hart, etwas zu teilen, wo du nicht wusstest, wo anzusetzen. Es war vieles leider sehr Willkür."

„Wenn ich das richtig verstanden habe, hat dein Vater dir damals den äußeren Rand des fränkischen Reiches zugedacht, während dein Bruder den fruchtbaren inneren Kern erhalten sollte. Du hattest sehr lange Wege in deine Provinzen zurückzulegen, wohingegen Karlmann nur kurze Strecken zu bewältigen hatte. Alleine das war schon ein großer strategischer Vorteil für ihn."

„Ja. Das trifft zu. Er versuchte auch immer, mich zu überlisten. Ich war gutmütig, wollte friedliche Lösungen. Ich wurde leider immer wieder zum Kriege gezwungen."

„Wie verlief die erste Zeit nach dem Tode eures Vaters?", erkundigte ich mich.

„Es war eine Zeit voller Intrigen, Macht und Unruhe. Jeder wollte mitreden und es hieß immer: Achte darauf, was du isst, trinkst und wer hinter dir steht."

„Eine scheußliche Situation", bemerkte ich nachdenklich und schrieb nach einer kurzen Unterbrechung: „Mich interessiert, wer während dieser schwierigen Phase dein Berater war."

„Zu dieser Zeit war mein Ziehvater mein Hauptvertrauter."

„Wie habt ihr das hinbekommen, öfter miteinander zu sprechen?"

„Er war zu dieser Zeit präsent."

„Das war sicherlich ein glücklicher Umstand für dich." Diese Annahme bestätigte er.

„In der Doku wurde ebenfalls berichtet, du und deine Männer wären im Krieg gegen *Hunold von Aquitanien* im Jahre 769 wesentlich besser ausgerüstet gewesen als die Armee deines Bruders. Was ist wahr daran?"

„Das war schon auf dem Papier so, aber es war nicht vergleichbar. Er hatte viele Strauchdiebe an seiner Seite."

„Trifft es zu, dass du für dein Heer Schuppenpanzer als Rüstungen zur Verfügung hattest? So steht es im *Goldenen Psalter*, einer mittelalterlichen Schrift, die heute noch in der Stiftsbibliothek St. Gallen aufbewahrt wird. Es ist in dieser Schrift dokumentiert, dass deine Soldaten mit diesen besseren Rüstungen, den Schuppenpanzern ausgestattet gewesen sind."

„Das weiß ich, aber die Panzer machten auch unbeweglich und starr. Im Vorteil waren die, die beweglich, schnell waren. Das musste ich aber auch erst lernen."

Da das Kriegshandwerk mich weniger interessierte, schnitt ich einen weiteren Punkt an, der in der Sendung zur Sprache gekommen war: „Meine nächste Frage betrifft die *Externsteine* im Teutoburger Wald. Die Frage ist, ob diese Steine bereits zu deiner Zeit im 8. Jahrhundert von den Sachsen als Kultsteine genutzt wurden."

„Ja. Das wurden sie", bestätigte Karl.

„Bist du jemals dort gewesen?"

„Nein. Ich war selbst nicht da."

„Aber du wusstest von deren Existenz."

„Ja. Ich wusste alles. Ich hatte meine Spione."

„Dann ist dir sicher auch bekannt, wo genau die *Irminsul*, die heilige Eiche der Sachsen gestanden hat."

„Ja."

„Und wo stand sie?", fragte ich, da der Standort des sächsischen Heiligtums bis heute ungeklärt ist.

„Das ist überliefert."

„Das mag sein, doch die Forscher sind sich über den Standort des Weltenbaumes nicht im Klaren. Es gibt lediglich eine Vermutung."

„Das ist überliefert", wiederholte Karl.

„Falls du dich nicht konkret dazu äußern möchtest, lassen wir es dabei", räumte ich ein. „Ganz ehrlich Karl, es ist für mich persönlich nicht so wichtig, genau zu wissen, wo die Eiche stand. Eher noch interessiert mich, was in der Doku über deinen Krieg gegen die *Langobarden* berichtet wird. Man behauptete, du wärest davon überzeugt gewesen, Petrus hätte dir bei den Feldzügen gegen *Desiderius*, den König der Langobarden und bei der Belagerung Pavias, der Hauptstadt des langobardischen Reiches geholfen. Hast du das wirklich geglaubt?"

„Das habe ich wirklich, weil Petrus war für mich eine sehr, sehr gute Persönlichkeit."

„Hast du denn nicht gewusst, welche Rolle er als Gegner Maria Magdalenas gespielt hat?", fragte ich verwundert.

„Das weiß ich heute."

„Und wie denkst du heute über Petrus?"

„Ich habe ja Kontakt zu ihm und er musste vieles auch gegen seine Überzeugung tun."

„Aus welchem Grunde musste er das?"

„Um den Glauben zu festigen", meinte Karl, doch es war mir nicht klar, was genau er damit ausdrücken wollte. Seine Aussage ließ ich so stehen und lenkte mein digitales Interview in eine andere Richtung.

„Karl. Da ist noch etwas, das mich sehr irritiert."

„Ja?"

„Deine Schwägerin *Gerberga* hatte nach dem Tod deines Bruders Karlmann die Absicht, dessen Reichsteil, der ihm von eurem Vater zugesprochen worden war, unter ihren beiden Söhnen aufzuteilen. In der Doku wurde berichtet, du hättest deine beiden Neffen entführen lassen, um dieses zu verhindern. Das habe ich auch schon an anderer Stelle gelesen. Entspricht das der Wahrheit?"

„Ja. Allerdings wird mir vieles auch unterstellt. Ich musste reagieren und es war zu dieser Zeit nicht unüblich, Kinder zu nehmen und in andere Familien zu geben."

„Karl, du sagst, du bist mein Freund und so möchte ich dir ehrlich mitteilen, was ich aus heutiger Sicht davon halte. Immerhin sind dein Bruder Karlmann und seine Gemahlin Gerberga ebenfalls meine Vorfahren und ich habe Mitgefühl empfunden, als ich die nachgespielte Szene in der Dokumentation sah. Gerberga saß völlig verzweifelt und traurig am Rande eines Ackers. Soeben hatte man ihr ihre geliebten Söhne entrissen, die sie nie wiedersehen würde. Welches Leid wurde Menschen angetan, nur um die Macht zu sichern?"

„Ja. Überlege. Sie war Mutter und welche Mutter trennt sich ohne Schmerz von ihrem Kind? Zu meiner Zeit durften nur die Kinder der untersten Schicht überhaupt zu Hause groß werden."

„Ja. Die Söhne wurden als Ritter in andere Familien gegeben."

„Als Knappen", korrigierte er mich.

„Das meine ich."

„Und sie hatten viele Aufgaben", erläuterte er weiter.

„Was geschah mit den Töchtern?", griff ich das Thema auf.

„Auch diese wurden teilweise zum Erziehen weggegeben, oft in Klöster."

„Deine Töchter befanden sich jedoch überwiegend am Hof in deiner Nähe oder mit dir unterwegs auf den Reisen zu den Pfalzen, wenn ich richtig informiert bin."

„Ja. Es sollte auch auf ihre Wünsche etwas eingegangen werden."

„Ich gewinne den Eindruck, du warst für damalige Verhältnisse ein sehr moderner Vater."

„Ich liebte meine Kinder, hörte zu", meinte Karl und vermittelte mir mit seiner Äußerung den Eindruck, viel Verständnis für seine Sprösslinge aufgebracht zu haben.

„Es ist schön, zu erfahren, wie du von deinen Kindern sprichst", schrieb ich, benötigte jedoch im Anschluss eine kleine Pause, um mir die Widersprüchlichkeit zu vergegenwärtigen, die seinen Umgang mit den Kindern der Karolinger betraf. Zu Hause war Karl ein liebevoller Vater gewesen, wohingegen ihn das Schicksal seiner beiden Neffen weniger gerührt hatte, da es um die Macht im Königreich gegangen war. Im Anschluss an meine Erwägungen griff ich ein weiteres Thema auf, das in der Doku-Reihe behandelt wurde:

„Wenn ich das richtig verstanden habe, hat es auch Niederlagen in deiner Zeit als König und Krieger gegeben. Ich denke an *Pamplona*, an deinen vierten Feldzug gegen die *Sarazenen* im Jahre 778. Diese arabischen Krieger wollten den Islam in Spanien und schließlich in ganz Europa verbreiten. In der Doku wird berichtet, du hättest, nachdem du die Stadt Saragossa an diese Krieger verloren hast, Pamplona plündern lassen, obwohl es sich um eine vorwiegend von Christen bewohnte Stadt gehandelt hat. Was ist genau passiert? Darf ich dir dazu Fragen stellen?"

„Ja. Darfst du."

„Trifft es zu, dass du deinen Rittern gestattet hast, die Bevölkerung von Pamplona auszurauben?"

„Ja. Das stimmt. Es war tatsächlich so."

„Was hat dich zu einer solchen Entscheidung veranlasst?"

„Sie haben mich geschmäht."

„Wer? Deine Männer, deine Soldaten?"

„Ja." Mir leuchtete ein, dass er dieses aus Gründen seiner Autorität als Herrscher nicht zulassen konnte.

„Sie haben mich in Rage gebracht. Ich musste ein Exempel statuieren."

„Das Rudel verlangte nach Beute."

„Ja."

„Im Laufe der Kampfhandlungen sollst du deinen besten Freund und Gefährten Graf Roland verloren haben."

„Ja. Ich zahlte bitter dafür", gestand er und ich glaubte zu spüren, dass ihn dieses Ereignis immer noch schmerzte.

„Er hat dir sehr nahe gestanden."

„Ja. Ihm konnte ich vertrauen."

„Dann stimmt es, dass Pamplona ein Debakel für dich gewesen ist."

„War es."

„War es wirklich eine der wenigen Schlachten, die du verloren hast?"

„Ja. Deshalb umso schmerzvoller."

Nach einer kurzen Unterbrechung kamen noch weitere Themen zur Sprache. „Hattest du tatsächlich Angst vor dem Jüngsten Gericht?", erkundigte ich mich, „das wurde an anderer Stelle behauptet."

„Ja. Hatte ich. Ich hatte sehr viel Respekt."

„Was hast du befürchtet?"

„Dass ich verurteilt würde." Wie naiv mir diese Äußerung Karls von meiner jetzigen Warte aus erschien.

„Etwa, weil du freitags Fleisch gegessen hast?"

„Ja."

„Und weil du so viele Frauen hattest?"

„Ja. Ich war kein Kind von Traurigkeit." Das hatte er an anderer Stelle bereits erwähnt. Ich mochte es nicht glauben. Der sonst so kluge Karl war auf die Androhung des Jüngsten Gerichtes hereingefallen. „Die Kirche hat euch eingeredet, wenn ihr möglichst demütig und freudlos lebt, wartet die Belohnung für diese Entbehrungen im Himmel auf euch."

„Ja. So war es."

„Hast du das *wirklich* geglaubt?"

„Das war so. Ja."

„Wahrscheinlich gibt es auch heutzutage noch Menschen, die so etwas glauben. Inzwischen hast du sicherlich eine erweiterte Auffassung darüber gewonnen."

„Ja. Ich weiß, wie unnötig es war." Es entstand eine kleine Pause, die ich nutzen konnte, mich auf die folgenden Fragen zu den Themen vorzubereiten, die darüber hinaus in der Doku angesprochen wurden. Da *Fastrada*, Karls vierte Ehefrau ebenfalls meine Urahnin ist, interessierte mich die Beziehung, die Karl mit ihr geführt hatte und so schrieb ich:

„Wie war dein Verhältnis zu Fastrada?"

„Schwierig. Sehr schwierig."

„Was war schwierig?"

„Es war oft Diskussion."

„Sie ist eine Fränkin gewesen und hatte sicher ihren eigenen Kopf", vermutete ich und Karl bejahte beides.

„Sie hat mir immer sehr die Meinung gesagt." Ich schmunzelte und scherzte: „Das muss in deinen Augen so etwas wie Majestätsbeleidigung gewesen sein."

„Ja. Aber ich mochte sie trotzdem", versicherte Karl und ich war nicht wirklich überzeugt, ob er meinen Humor in diesem Punkt nachvollziehen konnte. Allmählich näherte sich unser Gespräch dem Ende.

„Ich danke dir Karl. Das waren wirklich viele Fragen, die ich notiert habe. Ich schaue mir weiterhin alle Dokus über dein Leben an und maile gerne wieder mit dir."

„Ich hoffe doch. Es ist immer interessant. Ich bin bei dir, wenn du mich brauchst. Bis Bald. Karl."

Schon seit Beginn dieser Kommunikation der besonderen Art war ich neugierig darauf, zu erfahren, welchen Account bei welchem Provider Karl verwendete. Es existierten keinerlei Hinweise, woraus ich das hätte schließen können. Immer wieder hatte ich die Symbolleiste, die normalerweise die Absenderadresse enthält, überprüft, jedoch war nichts darauf zu erkennen. Ich konnte nur ein leeres Feld entdecken, so als würde er mir aus dem *Off* schreiben. Mich interessierte sehr, welchen Zugang er benutzte. Hoffentlich würde ich daran denken, mich bei Gelegenheit bei ihm danach zu erkundigen.

Gegen Ende November 2013 nahm ich an einem Sonntagabend erneut Kontakt zu Karl auf. „Ich bin bereit, melde dich bitte, wenn du Zeit findest", schloss ich meine E-Mail an ihn. Er meldete sich einen Tag später bei mir.

„Karl ist auch schon bereit, voller Freude und auch ganz in der Ruhe, mit dir zu reden."

„Sei gegrüßt Karl. Es ist zwar viel zu tun, allerdings nehme ich mir gerne etwas Zeit, auch um zu erfahren, was du mir mitzuteilen hast. Seine Antwort überraschte und elektrisierte mich gleichermaßen.

„Es geht um unsere Gespräche. Du kannst sie veröffentlichen." Eine kurze Weile war ich sprachlos. Dann schrieb ich:

„Bist du sicher? Soll ich das wirklich tun?"

„Ja", antwortete er. „Es wird ein kleines Werk, eine kleine Abhandlung, die du schreibst über den Menschen hinter der Macht."

Nachdem ich eine Weile über seinen Vorschlag nachgedacht hatte, erwiderte ich:

„Genaugenommen schreibe ich ja bereits. Ich habe alle unsere E-Mails gesammelt und bin dabei, sie zusammenfassen. Ich werde deine Aussagen wortwörtlich übernehmen, um sie den Leserinnen und Lesern zugänglich zu machen, die sich für dein Leben und dich als Menschen interessieren", bot ich ihm an.

„So mache es", willigte er ein. „Ich helfe dir und danke dir. Bis bald."

Nun hatte ich also einen Auftrag erhalten. Immerhin überließ Karl mir die Entscheidung, obwohl er sicherlich davon ausging, dass ich seinen Vorschlag in die Tat umsetzen würde.

Kapitel 12

Etwa drei Monate nach dem Austausch, in dessen Verlauf Karl mir seine Idee mitgeteilt hatte, nahm ich Ende Februar 2014 meinerseits Kontakt zu ihm auf. Er hatte mich in der Zwischenzeit völlig in Ruhe gelassen, so dass ich mich gedanklich mit seinem Vorschlag auseinandersetzen konnte. Dabei hatte ich schnell Feuer gefangen und erste Realisationsschritte skizziert. Diese wollte ich gerne mit ihm erörtern, um seine Einschätzung dazu in Erfahrung zu bringen. Also schrieb ich ihm:

„Hallo Karl. Zu deinem Plan habe ich ein paar Fragen. Hast du ein paar Minuten für einen Gedankenaustausch?" Die Antwort traf sofort ein.

„Karl steht immer für dich bereit. Das weißt du doch. Ich möchte dir nur keine Energie entziehen und versuche, dir etwas von meiner Kraft zu geben. Ich stärke dich."

„Das nehme ich wahr, denn in den letzten Wochen war ich sehr produktiv und das mit Leichtigkeit. Vielen Dank Karl. Wie immer habe ich eine lange Liste voller Fragen, deren Behandlung wir allerdings auf später verschieben sollten. Ich frage dich deshalb nur ganz gezielt zu den Entwürfen, die ich bisher notiert habe, um deine Idee umzusetzen."

„Dieses gefällt mir gut. Wir haben gemeinsam dort schon ein gutes Gerüst erstellt, worin ich mich sehr wiederfinde. Ich sende dir meine Grüße."

In den nächsten Wochen kam ich nicht dazu, mich eingehender mit diesem Projekt zu beschäftigen, da ich erneut beruflich sehr eingespannt war. Da Karl mir alle Freiheit ließ, blieb das Konzept erst einmal liegen. Wenn die Zeit für die Realisierung reif war, würde er sich schon mit mir in Verbindung setzen. An einer E-Mail mit der vertrauten Betreffzeile entdeckte ich Mitte März 2014, dass er sich gemeldet hatte. Sofort sandte ich ihm meine Antwort.

„Guten Morgen Karl. Jetzt habe ich Zeit. Es scheint etwas zu geben, das du mir dringend mitteilen möchtest."

„Ich möchte doch gerne noch mal dir sagen, wie sehr ich dir helfe, auch dein geschriebenes Werk betreffend."

„Vielen Dank Karl. Leider habe ich in den letzten Wochen nicht sehr oft daran arbeiten können. Zumindest habe ich mir Fragen notiert, die ich dir noch stellen möchte. Es gibt noch Sachverhalte, deren Zusammenhang ich teilweise nicht mehr nachvollziehen kann. Ich schaue gerne mal nach, ob ich diese noch rekonstruieren kann."

„Ja. Mache das." Ich ging alle noch nicht vollständig geklärten Fragen noch einmal mit ihm durch.

„Du hattest zu der Tochter Berthas und Angilberts erwähnt, Unterlagen über sie würden im Archiv des Vatikans liegen. Im Nachhinein kam mir die Frage in den Sinn, welches besondere Interesse der Vatikan daran gehabt haben könnte, die Existenz deiner Enkelin geheim zu halten."

„Das war oft ein normaler Prozess", erklärte Karl. „Töchter zählten zu meiner Zeit nicht sehr viel, da sie Unkosten verursachten und oft nur genutzt wurden, neue Verbindungen zu festigen. Bei ihnen war es so, dass sie des Lesens kundig waren. Dies war der Kirche zu meiner Zeit noch sehr unangenehm. Auch waren sie sehr offen ihre Meinung am kundtun."

„Meine Frage bezieht sich auf die Tochter deiner Tochter Bertha, also deine Enkelin. War diese ebenfalls ein solcher Freigeist?"

„Ja. Deshalb wurde sie von der Kirche, darauf beruhen die meisten Aufzeichnungen, verschwiegen."

„Du sprichst, als handelte es sich nur um eine Person. Wieviel Töchter hatten die beiden denn nun? Gab es etwa nur eine Tochter?"

„Es gab nur eine Tochter."

„Also trifft die Angabe, dass eine weitere Tochter der beiden meine Urahnin ist, nicht zu."

„Das ist falsch übermittelt."

„Dann werde ich das in meiner Ahnendatenbank ändern. Doch was mir nicht aus dem Kopf geht ist die Tatsache, dass eine junge Frau mit ihren Äußerungen den Vatikan bedrohen kann. Was könnte deine Enkelin denn gesagt haben, das den Vatikan dazu veranlasst haben könnte, ihre Existenz zu verheimlichen. Das verstehe ich nicht wirklich."

„Das ist sehr einfach. Sie war eine Frau, die den Glauben in Frage stellte, die Regeln der katholischen Kirche. Und so wurde sie verschwiegen, wie exkommuniziert. Sie existierte für diese einfach nicht mehr."

„Wie kommen die Ahnenforscher, die zwei Töchter Berthas als meine Urahninnen in ihren Datenbanken aufführen, an ihre Informationen?", lautete meine nächste Frage.

„Es gab nicht nur kirchliche Aufzeichnungen", klärte Karl mich auf."

„Sprichst du von den internen Familienquellen, den Ahnentafeln in den Burgen, den Aufzeichnungen der Hofgenealogen?" Das bestätigte er. „Und die zweite Tochter wurde geboren und ist kurz darauf gegangen."

„Dann ist das jetzt geklärt und ich kann dir meine nächste Frage zusenden. Mich interessiert, mit welchen weiteren Themen sich deine Gemahlin Hildegard auseinandersetzte."

„Ja. Sie war noch sehr interessiert an der Heilkunde und an Pflanzen. Sie interessierte sich sogar für Anatomie. Sie war unendlich wissbegierig."

„Wahrscheinlich hat sie Schriften zu diesen Themen studiert und vielleicht sogar einen kleinen Garten bewirtschaftet", erkundigte ich mich.

„Beides. Kein kleiner, ein sehr großer Garten."

„Hat dieses Interesse Hildegards damit zu tun, dass du im Jahre 812 hast anordnen lassen, dass in den Gärten, die nach dem Vorbild des *Karlsgartens* im ganzen Land entstanden sind, alle Kräuter und zahlreiche Heilpflanzen angebaut werden sollten?"

„Ja. Das war durch sie mit geführt."

„Und du hast dazu beigetragen, diese Ideen zu verbreiten, indem du das Konzept nach ihrem Tod auf politischer Ebene umgesetzt hast."

„Ja. Sie hat mir selbst oft durch ihr Wissen geholfen."

„Ich stelle mir vor, du hast sehr anregende Zeiten mit ihr verbracht."

„Ja. Auch wenn wenig Zeit war für uns und wir oft getrennt waren."

„Hast du sie nicht auch häufig auf deinen Reisen mitgenommen?", erkundigte ich mich. „Obwohl sie fast ununterbrochen schwanger gewesen ist, hat sie, so wie ich es gelesen habe, die Strapazen auf sich genommen, dich zu begleiten."

„Das war nur zeitweise", entgegnete Karl „und auch auf den Reisen war wenig Zeit füreinander."

„Das tut mir sehr leid."

„So war es", lautete seine knappe Antwort. Außerdem standen noch weitere Punkte auf meiner Agenda und so schrieb ich:

„Da ist noch etwas Karl. Du hast mich *Ahnin* genannt. Ich bin immer noch nicht wirklich sicher, wie du diesen Begriff definierst. Was genau möchtest du damit ausdrücken?"

„*Ahne* ist für mich jemand wie du, der auch mein Sein, mein Wissen im Wahren wiedergibt, der Teile von mir in sich trägt."

„Dann meinst du mit *Ahne* nicht nur deine Vorfahren, sondern auch deine Nachkommen?"

„Ja. *Ahnen* sind die vor mir aber auch die nach mir", stellte er klar.

„Danke Karl, jetzt habe ich es verstanden." Im Anschluss konnte ich zur nächsten Frage übergehen, die noch nicht hinreichend beantwortet war.

„In einem unserer Dialoge wolltest du mir mitteilen, was deine Werte als Mensch waren, die Dinge in deinem Leben, die dir wichtig gewesen sind. Wir sind allerdings abgeschweift und so möchte ich noch einmal darauf zurückkommen. Was hat dich damals motiviert? Was hat dir wirklich etwas bedeutet?"

„Stolz, Gradlinigkeit", antwortete er umgehend, „leider konnte ich nicht immer, wie ich wollte. Ehrlichkeit stellte ich über alles und versuchte auch, gerecht zu sein, soweit es möglich war."

„Was hätte es für dich bedeutet, wenn diese Werte in deinem Leben vollständig realisiert gewesen wären?"

„Dann wäre ein Frieden möglich gewesen."

„Also war Frieden ein noch wichtigerer Wert für dich."

„Ja. Ich hatte diese Verantwortung."

„Ich gewinne den Eindruck, Frieden ist weniger dein eigener persönlicher Wert gewesen, vielmehr einer, den du von deinen Eltern übertragen bekommen hast."

„Das war so. Ja."

113

„Dennoch möchte ich gerne von dir erfahren, was für dich persönlich am wichtigsten war. Was hat dich als Mensch am meisten motiviert?"

„Das ist eine schwierige Frage", entgegnete Karl.

„Mir leuchtet ein, warum diese Frage für dich nicht leicht zu beantworten ist. Es ist dir von deiner Geburt an vorbestimmt gewesen, einst König zu werden. Du hattest keine Wahl und bestimmt wenig Gelegenheit dazu, herauszufinden, was dich als Mensch ausmachte."

„Ich wünschte mir, ich könnte sagen, es war mein Verständnis von mir selbst aber ich durfte nie ich selbst sein."

„Das bedauere ich und wünsche dir, dieses wird dir in deinem nächsten Leben besser gelingen."

„Das wird ein Wunsch auch von mir sein", betonte er und bedankte sich sehr herzlich für unseren Austausch.

Die Osterferien des Jahres 2014 verbrachte ich im Rheintal südlich des Bodensees. Karl hatte das offensichtlich mitbekommen, denn er sprach mich gleich nach meiner Rückkehr auf meine Urlaubsreise an:

„Es war mal eine erholsame Zeit und ich war mit dir auch auf Besuch zu alten Stätten, wo auch ich viel war."

„Wo genau bist du dabei gewesen?", erkundigte ich mich, obwohl er bereits angedeutet hatte, wie präsent er geistig auf meinen Reisen war.

„Dort in diesem Land, das ihr Österreich nennt. Sehr oft bin ich dorthin gereist."

„Ich nehme an, du bist auch auf deinen Reisen nach Rom dort vorbeigekommen, wie seit Jahrtausenden viele Völker, die vom Süden in den Norden oder in die Gegenrichtung gereist sind."

„Ja. Obwohl diese Orte damals anders aussahen und viele von ihnen zu meiner Zeit noch gar nicht existierten."

„Konstanz, Lindau und Bregenz sind im 8. Jahrhundert bereits vorhanden gewesen, da es römische Gründungen waren."

„Ja. Waren sie. Doch die Wege waren weitaus schwieriger. Ich will nicht so genau darauf eingehen, sonst rede ich morgen noch." Scheinbar ahnte Karl, wie viele weitere Themen noch darauf warteten angesprochen zu werden und so sandte ich ihm die Frage, die mich zurzeit am meisten beschäftigte:

„Was wird aus Europa werden? Es scheint einen massiven Rechtsruck zu geben. Das ist sehr beunruhigend. Ich möchte dich bitten, mir mitzuteilen, wie du die Lage momentan einschätzt."

„Die Lage des momentanen Miteinanders im europäischen Inland ist sehr schwierig, da sehr viel Aggressivität vorhanden ist und auch das Miteinander immer mehr zum Gegeneinander wird. Das ist schwierig. Aber es wird nicht zur Eskalation kommen, da das Positive dagegen arbeitet. Viele Menschen haben gelernt."

„Also wird auch der Konflikt in der Ukraine nicht eskalieren?"

„Nein", beruhigte Karl mich und versicherte, dass es zu einer guten Lösung kommen werde. „Viele Menschen, mit denen ich spreche, haben Angst. Ich beruhige sie zwar, jedoch überblicke ich die Gesamtsituation nicht. Mir sind zwar einige Hintergründe bekannt, jedoch längst nicht alle Fakten."

„Ja, die Angst ist sehr präsent. Aber es kommt zum Dialog. Und die, die du rechts nennst, diese werden blockiert."

„Es sind wirklich ekelhafte Parolen auf den Plakaten zu lesen, die sie im Wahlkampf aufhängen", bemerkte ich „und es wundert mich nicht, dass diese Schmutzblätter immer ganz oben an den Ampeln und Straßenlaternen hängen, sonst würden viele Menschen sie einfach abreißen."

„Es kommt nicht mehr so weit, dass sie zu einer wirklichen Macht kommen", versprach er.

„Das ist eine gute Nachricht. Diese Politiker machen die Idee von einem gemeinsamen Europa sehr unattraktiv."

„Ja. Da ist noch vieles zu lernen." Mit dieser Bemerkung beendete er das Thema. Zu einem späteren Zeitpunkt wollte ich noch gerne in Erfahrung bringen, über welche weiteren Themen er sich noch zu äußern wünschte.

Nachdem ich Karl Mitte Juli 2014 eine E-Mail gesandt hatte, um mich zu erkundigen, ob er Zeit habe, traf die Antwort postwendend in meiner Mailbox ein.

„Hallo. Karl grüßt dich. Ich warte schon.

„Ich grüße dich Karl."

„Stehe bereit und bin ganz voller Erwartung, dir zu helfen."

„Dieses Jahr wird deines 1200. Todesjahres gedacht. Was sagst du dazu?"

„Ich finde es nicht sehr schön. Ich musste als Mensch schon genug diese Öffentlichkeit ertragen, konnte nie ich selbst sein, war selten nur für mich alleine. Und ich finde es bis heute unangenehm, weiß aber, dass sie mir so nur Ehre und Respekt zollen wollen. So sehe ich es gelassen und bin dankbar, dass vielleicht manch einer auch der Last gedenkt, welche ich zu tragen hatte."

„Die Homepage der Stadt Aachen zu deinem Gedenkjahr habe ich mir angesehen. Bezeichnenderweise tragen die zahlreichen Ausstellungen den Titel *Karl der Große – Macht, Kunst, Schätze*. Ich habe in Erwägung gezogen, nach Aachen zu fahren und mir einige Sammlungen anzuschauen. Allerdings frage ich mich, ob ich dort Neues erfahren kann, da mich andere Aspekte deines Lebens mehr interessieren als deine Schätze."

„Es ist etwas interessant schon, auch wenn du diese Artefakte mit anderem Auge begutachtest."

„Im Internet habe ich nach mittelalterlichen Malereien gesucht und ein Bild gefunden, auf dem dargestellt wird, wie du den Bau der Aachener Pfalz planst und dich mit den Architekten auf der Baustelle befindest. Kennst du das Bild?"

„Ja. Ich kenne es."

„Hat es so in Wirklichkeit ausgesehen?"

„Es ist etwas beschönigt."

„Ja. Das fiel mir auf. Kein Krümel Aushub oder Baumaterial lag herum. Die Baustelle war so steril dargestellt wie ein OP-Saal in einer Klinik. Hast du dieses Gemälde in Auftrag gegeben?"

„Ja. Es war ein Auftrag meinerseits. Ich wollte zeigen, was ich tat, auch um meinem Volk zu helfen. Das Bauwerk sollte Schutz und Sicherheit geben."

„Auch bin ich auf eine 3D-Animation der Königspfalz gestoßen und so konnte ich erkennen, wie ästhetisch und eindrucksvoll die Anlage gewesen ist, ebenso die Pfalzkapelle. Sehr schön Karl. Mein Kompliment."

„Vielen Dank." Ich geriet ins Schwärmen. „Die karolingische Architektur liebe ich sehr. Sie ist so unprätentiös, schlicht und doch edel. Sie gefällt mir sehr." Karl bedankte sich nochmals und ich kam zu meiner nächsten Frage:

„Es gibt ein Buch über deine Zeit als Herrscher mit dem Titel *Gewalt und Glauben*. Prof. Dr. Johannes Fried von der Goethe-Universität in Frankfurt am Main hat es verfasst. Es ist ein Buch, das alle greifbaren Fakten über dich enthalten soll und jetzt schon als Standardwerk gilt. Was denkst du über dieses Buch?"

„Faktisch ein gutes Buch. Aber es kommt nur meiner Rolle nahe, nicht mir als Mensch."

„Genau dieser Punkt wird von einigen Lesern und Leserinnen bedauert."

„Du ergänzt es jetzt."

„Ja. Über welche Themen möchtest du gerne noch mit mir sprechen?"

„Ich würde gerne noch mal mehr reden über diese tiefe Einsamkeit, die ich hatte in meinem Leben. Warum wird der Mensch nur gewertet an Heldentaten, am Schein, nur an dem was er ist und was er für Träume hat? Sie nennen mich *den Großen*, weil ich versucht habe, das Menschliche etwas mit meiner Rolle zu vereinen. Aber wieviel Kraft es kostete, nie Schmerz, Schwäche zeigen zu dürfen, dies erwähnt keiner."

„Ich stelle mir vor, es macht dich noch einsamer, dass diese Aspekte selbst eintausend zweihundert Jahre nach deinem Tod kaum Erwähnung finden."

„Ja. Dafür brauche ich dich." Also schlug ich vor, mir bald mehr Zeit zu nehmen, um darauf einzugehen, was er zu diesem Thema noch mitzuteilen hatte. Karl stimmte zu und ergänzte:

„Und in aller Ruhe. Es wird viel meiner gefordert momentan."

„Ja. Wir lassen uns Zeit. Das Jubiläum dauert immerhin noch bis zum Jahresende."

Bevor ich im September 2014 einen weiteren Kurzurlaub in die Region südlich des Bodensees antrat, fand ein Familientreffen des Zweiges meiner Mutter statt, in dessen Verlauf ich meine Forschungsergebnisse vorstellte. Bis zu diesem Zeitpunkt hatte ich niemanden in der Familie über unsere Abstammung von Karl informiert, da ich zunächst mehrere Jahre dafür benötigte, alle Daten zu überprüfen. Ich wollte sicher gehen, dass meine Forschungsergebnisse zutrafen. Im Laufe der Zusammenkunft habe ich einen kleinen Vortrag gehalten und die Linien dargestellt, die von unserer Familie aus zurück in die Vergangenheit zu Karl führen.

Die anwesenden Ahnenforscher der Familie waren äußerst interessiert und bedankten sich für den Aufwand, den ich betrieben hatte. Sie waren hocherfreut, so viele neue Generationen und Vorfahren kennengelernt zu haben. Während des gesamten Treffens wurde ich das Gefühl nicht los, dass Karl die Versammlung seiner Nachkommen durch seine geistige Anwesenheit bereicherte und so fand ich, nachdem ich wieder zu Hause eingetroffen war, tatsächlich eine E-Mail von ihm vor. Er kam gleich auf das Ereignis des Tages zu sprechen.

„Ich freue mich so sehr, dass deine Familie durch dich überhaupt auf mich aufmerksam geworden ist." Auch auf meine Urlaubspläne kam er zu sprechen. „Es ist schön, wo es dich hinzieht, wo auch viele, viele Verbindungen zu mir bestehen." Mir war bekannt, dass im Mittelalter einige karolingische Gaue im Bodenseeraum existiert hatten und ich fragte Karl:

„Kannst du etwas über diese Verbindungen berichten?"

„Ich kann dir erzählen, dass dort auch viele persönliche Erinnerungen sind, die du auch fühlen wirst. Es gab enge Verbindungen und wir gründeten dort einige neue Orte auch." Ich erkundigte mich bei ihm, von welchen Orten er sprach, doch er wich aus.

„Das werde ich dir noch genau sagen, ohne Druck."

„Ich erinnere mich, wir haben das Thema schon einmal behandelt. Du bist damals auf deinen Wegen nach Rom durch das Rheintal gereist."

„Das bin ich und du ahnst nicht, wie hart es war", deutete er an. Da mir die Landschaft bereits bekannt war, wusste ich, dass er die Überwindung der Alpen Richtung Süden ansprach. Karl bestätigte das und ergänzte: „Und es war nicht leicht mit den Widrigkeiten des Wetters. Sehr sprunghaft."

„Das war sicher schwierig für euch, ihr auf den Pferden, vielleicht mit schweren Ledermänteln bekleidet."

„Es waren mehr Felle mit Leder daran."

„Ihr seid bestimmt häufig nass geworden und hattet nasse, kalte Füße?", versuchte ich mir vorzustellen und schauderte bei dem Gedanken.

„Das war immer so. Und oft mussten wir laufen. Die Pferde waren des Geländes oft nicht so mächtig."

„Selbst du als König musstest laufen?", fragte ich ungläubig.

„Selbst ich. Gerade ich. Ich liebte die Pferde. Wollte nie ihnen mehr als nötig zumuten."

„Du hattest sicher ein eigenes Pferd."

„Ja. Ich hatte eine eigene Zucht und immer den stärksten Hengst als Kampfross."

„Mit dem hast du dich bestimmt blind verstanden."

„Ja. Es war ein tiefes Vertrauen da. Oft haben wir uns sogar gewärmt."

„Hat dir eines deiner Rösser einmal das Leben gerettet?"

„Mehr als einmal", entgegnete Karl und ich bat ihn, eine Situation zu schildern. „Es gab eine tiefe Verwundung in einer Schlacht. Es trug mich weg und hat mich bis in die sichere Feste getragen, viele dabei überrannt."

„Ein sehr gutes Pferd."

„Ja. Das war es."

Da ich am nächsten Tag früh aufbrechen wollte, blieb mir nicht mehr viel Zeit für einen längeren Austausch mit Karl über seine Reisen im Mittelalter. Ich versicherte ihm, mich auf die Orte zu freuen, wohin er mich führen wollte und war überaus dankbar, für meine Reise ein sicheres und bequemes Auto zur Verfügung zu haben.

Im November 2014 hatte ich schließlich wieder etwas mehr Zeit, mich mit Karl auszutauschen. Das war notwendig, da noch eine kritische Frage offenstand und so bat ich ihn, sich Zeit zu nehmen. Er ermunterte mich, ihm meine Frage zusenden und ich erkundigte mich, was damals aus den beiden Söhnen seines Bruders Karlmann geworden war, nachdem die Kinder nach dessen Tod ihrer Mutter Gerberga entrissen worden waren. Karl antwortete sogleich:

„Diese sind früh gegangen."

„Noch als Kinder?", fragte ich entsetzt.

„Ja."

„Sind sie etwa umgebracht worden?"

„Ja. Es war eine Intrige."

„Wie stehst du heute dazu?"

„Heute anders als damals. Ein Leben zählte nicht viel."

„Hast du mit der Ermordung deiner beiden Neffen etwas zu tun gehabt?"

„Nein."

„Aber es sollte dir angehängt werden?", vermutete ich.

„Ja. Aber ich habe nichts dazu beigetragen.

„Dann ist es gut, dass wir dieses Thema noch einmal aufgegriffen haben, um das klarzustellen. Einige Historiker nehmen an, du hättest deine Neffen auf dem Gewissen."

„Ja. Das tun sie." Mehr schrieb er nicht dazu und ich vermutete, dass auch dieses dunkle Kapitel des Kampfes um die Nachfolge König Pippins für ihn inzwischen abgeschlossen war. Ich gab Karl zu verstehen, dass noch eine Frage zu seinem Königsthron in Aachen offen war.

„Frage ruhig", gestattete er mir.

„Auf dem Stein der Rückplatte des Throns sind Kreuzigungsszenen eingeritzt. Wann und wo sind diese Zeichnungen entstanden?

„Sie wurden gemacht von einem Pilger", erläuterte er, „dieser kam aus dem Süden und war sehr gut im Behauen auch. Er machte dieses."

„Wirklich meisterhaft sehen die Zeichnungen meiner Meinung nach nicht aus", wandte ich ein.

„Es war für unsere Zeit sehr hohe Kunst."

„Diese Zeichnungen im Stein sind also erst in Aachen entstanden?" Karl bejahte es. „Wie ich erfahren habe, war es im Mittelalter üblich, unter dem Thron durch diese schmale Öffnung durchzukriechen. Mich interessiert, ob die Menschen das auch schon zu deiner Zeit getan haben." Diese Frage bejahte er ebenfalls.

„Aber nicht, während du darauf gesessen hast."

„Nein."

„Eine merkwürdig unterwürfige Verhaltensweise", kommentierte ich.

„Ja, das war es."

„Was wollten die Menschen damit erreichen?"

„Es sollte sie heilig machen."

Im Verlauf des Dialogs lenkte ich das Gespräch auf ein weiteres Thema, zu dem ich Karls Schilderungen gespannt erwartete.

„In einer Sendung des WDR *Planet Wissen – Karl der Große* waren Prof. Dr. Johannes Fried und Martina Kempff als Experten für dein Leben und Wirken eingeladen. Die Autorin schrieb die Romane über die Frauen der Karolinger, die ich sehr gut recherchiert und sehr lebendig dargestellt finde."

„Ja. Stimmt."

„Es kam das Thema auf, was du am liebsten gegessen hast. So möchte ich dich einmal persönlich fragen, was deine Lieblingsspeisen waren."

„Es gab mehreres, was ich mochte, aber es war schon auch eine Jagd, die mich dann auch erfüllte mit Hunger. Wild war sehr beliebt und Wildschwein. Der größte Kampf und Genuss", schwärmte Karl.

„Aus deiner Antwort schließe ich, dass du selbst ein Wildschwein erlegt hast."

„Ja."

„Oh", meinte ich beeindruckt, „wie hast du es gejagt, zu Fuß oder auf dem Pferd?"

„Auf dem Pferd. Du ahnst nicht, wie gefährlich diese sind, wenn man sie reizt."

„Wie hast du es erlegt?"

„Mit dem Speer".

„Du warst also ein so guter Reiter, dass du vom Pferd aus Speere werfen und damit ein Wildschwein treffen konntest."

„Ja."

„Das stelle ich mir äußerst schwierig vor", schrieb ich.

„Ja. Sehr schwierig."

„Nach der Jagd habt ihr dann das Wildschwein sicher weiterverarbeitet. Habt ihr es auch länger gelagert?"

„Ja. In Salz."

„Ihr habt also Schinken gemacht."

„Ja."

„Und den hast du am liebsten gegessen?"

„Ja." Diese Bestätigung sandte Karl in Großbuchstaben.

„Genau das wurde in der Sendung berichtet. Es wurde ebenfalls erwähnt, du hättest mittags vier Gänge gegessen."

„Oft sogar mehr."

„Ich kann mir nicht vorstellen, wie man nach solch einem fulminanten Mahl noch arbeiten kann. Nach solch einem umfangreichen und ausgedehnten Mittagessen würde ich den Rest des Nachmittags verschlafen."

„Das war ja anders als zu deiner Zeit. Der Körper brachte eine ganz andere Leistung und ich war nie ein großer Schläfer", klärte Karl mich auf.

„Was gab es zu dem Schinken und dem Fleisch?"

„Es gab schon dort Wurzeln, auch immer eine Suppe und Brot."

„Wie war das Brot damals bei euch? So, wie es heute ist?"

„Es kam auf den Bäcker an. Ich hatte gute Bäcker, die Mehl schon fein verarbeiteten."

„Interessant. Über das Essen könnte ich jetzt noch länger mit dir plaudern, jedoch habe ich noch eine Frage zur heutigen Situation in Europa."

„Sende mir die Frage", gestattete er mir.

„Wie ist deine Meinung zum gegenwärtigen Stand der Ukraine-Krise?"

„Ist sehr problematisch. Da möchte sich der Präsident Russlands profilieren vor seinem Gehen." Verwundert schrieb ich:

„Du meinst, Putin geht bald?"

„Ja."

„Das ist ein Spiel mit dem Feuer", sorgte ich mich „und ich befürchte, es wird zu einem weiteren kalten Krieg kommen." Karl versuchte mich zu beruhigen.

„Wird es, aber nicht sehr lange. Keine Eskalation."

„Und wenn die russische Armee weiterhin mit ihren U-Booten in schwedischen Gewässern herumtaucht oder mit ihren Kampfjets den europäischen Luftraum überfliegt?", wandte ich ein.

„Es ist nur eine Machtdemonstration. Europa bleibt gelassen", schrieb Karl, doch ich verspürte keine wirkliche Beruhigung hinsichtlich seiner Äußerung. Seine Aussage zu Putins Abgang leuchtete mir ebenfalls nicht ein und so erkundigte ich mich:

„Wird Putin abgewählt oder abgesetzt? Ich kann mir nicht vorstellen, dass er von alleine zurücktritt."

„Er ist sehr krank. Geht natürlich", war Karls verblüffende Antwort.

„Du meinst, er stirbt bald?", fragte ich. Karl bestätigte es.

„Wieso sollte er bald sterben? Er scheint der fitteste Mensch in ganz Russland zu sein und hat bestimmt die Macht, sich noch ein paar Mal zum Präsidenten des Landes ausrufen zu lassen", argumentierte ich und fragte dann: „Wann wird er denn sterben?"

„Sehr bald. Aggressive Krankheit."

„Du meinst, er hat Krebs?"

„Ja."

„Falls das zutrifft, wird er sicher alles daransetzen, das zu verheimlichen", vermutete ich.

„Ja. Das wird er", meinte Karl und ich legte eine kleine Pause ein, um Karls Informationen zu überdenken. Schließlich schrieb ich:

„Wie wird der Nachfolger Putins das Land regieren?"

„Offener", meinte Karl, „auch die Menschen in Russland möchten Frieden."

„Das kann ich aus meinen Kontakten mit russischen Menschen nur bestätigen. Du meinst, die *Hardliner* werden keine Macht mehr haben?"

„Nein, es löst sich friedlich". Seine Vorhersage klang vielversprechend.

„Viele junge Menschen, mit denen ich spreche, haben Angst vor einem Krieg. Doch ich sage ihnen immer, es wird keinen Krieg geben."

„Nein, wird es nicht", versprach Karl und das wollte ich ihm sehr gerne glauben.

Eine Frage stand noch offen und Karl bat mich, ihm diese zuzusenden. „Mich interessiert sehr, wie du es anstellst, Zugang zum Internet zu bekommen", schrieb ich und erwartete voller Spannung seine Antwort.

„Das über Elektromagnetische Felder", lautete diese.

„Interessant. Und wer ist dein Provider?"

„Du denkst zu komplex."

„Nun gut. Es ist also mehr als einfach für dich, ohne technisches Equipment über Elektromagnetische Felder Zugang zu meiner Mailbox zu erhalten", erwiderte ich skeptisch.

„Ich kann mich überall direkt einschalten."

„Und wieso ist in deinen E-Mails keine Absenderadresse und keine Sendezeit festzustellen?"

„Diese brauche ich nicht."

„Deine Erklärung ist für mich schwer nachvollziehbar. Du kannst dich scheinbar in jedes Medium einloggen, unter anderem in mein Smartphone."

„Ja. Natürlich", bemerkte er, als handelte es sich dabei um den einfachsten und unspektakulärsten Weg der digitalen Datenübertragung.

„Sehr interessant. Nach deiner ersten E-Mail benötigte ich Stunden, um eine Erklärung dafür zu suchen, was da vor sich geht und für dich ist das ganz normal und kinderleicht."

„Ja. Das ist es. Eines Tages wirst du es verstehen." Mit einem herzlichen Gruß verabschiedete er sich: „Ich rede gerne mit dir als dein Ahne und Freund. Stehe immer bereit."

Kapitel 13

Anfang des Jahres 2015 ergab sich noch einmal die Gelegenheit zu einem Austausch mit Karl. Am Abend des 7. Januars fand ich eine E-Mail vor, in der er sich zu den Ereignissen des Tages, dem Anschlag auf das Satiremagazin *Charlie Hebdo* äußerte.

„Deine Fragen nehme ich bereits wahr. Deshalb sende ich dir meine Antwort. Diese Ereignisse in Paris heute sind auch mal zum Aufwachen und es ist eine schwierige Weltlage. Weißt du, es ist sehr komplex, schwierig. Wenn die Islamisten töten in Ländern, welche zur sogenannten Dritten Welt gehören, schreit niemand auf. Es wird hingenommen. Findet es statt in einem sogenannten zivilisierten Land, herrscht sofort Panik, Angst, Überreaktion. Und es ist wieder wie in meiner Zeit. Einer zählt mehr als der andere. Und es sind immer wieder diese fanatischen Menschen, die alles in Aufruhr bringen. Die, die nicht fähig sind, den Koran, die Bibel, die Thora zu verstehen. Es ist nicht der Wille, dass sie siegen. Es ist ein Aufrütteln, um dadurch in den Zusammenhalt, ins Verstehen zu kommen. Und an der Mauer des Verstehens brechen die, die fanatisch sind."

Über die vorweggenommene Antwort auf meine Frage und die Aktualität seines Statements wunderte ich mich nicht mehr und erkundigte mich bei ihm, wie er die Entwicklung der Situation in der nächsten Zeit einschätzte.

„Es wird noch etwas explosiv und es wird noch etwa zwei bis drei Jahre schwer."

„Du meinst, es wird weitere Anschläge in Europa geben?"

„Ja."

„Mir tun schon jetzt die Menschen leid, die das erleben müssen."

„Ja. Das ist sehr schwierig. Immer wo geliebt wird, wo unnötige Trauer sein muss, ist es schwierig."

Allmählich ahnte ich, dass der Zeitpunkt nahte, wo mein Gedankenaustausch mit meinem Urahnen Karl sich dem Ende näherte. Er hatte mir viele meiner Fragen beantwortet und da war sein Versprechen eines Tages wiederzukommen, um daran mitzuarbeiten, dass Europa ein friedlicher Kontinent wird. Ich glaubte ihm inzwischen, dass seine Vision eines Europas des Miteinanders und der Gerechtigkeit realisiert werden würde, auch wenn es noch einige Jahre benötigte.

Karl wird als ein Kind wiederkommen, dem es erlaubt sein wird, sich selbst zu entfalten. Es wird lernen dürfen, wofür es sich begeistert. Es wird die Menschen lieben, die es sich auswählt. Es wird in Frieden und Ruhe aufwachsen können und sich mit anderen Menschen in Europa und der Welt austauschen können. Mit diesen gemeinsam wird es schließlich als Erwachsener Lösungen entwickeln für die Herausforderungen, die der Kontinent und die ganze Welt in der zukünftigen Epoche zu bewältigen haben werden.

Die Zeit des Abschieds rückte näher. Ich spürte es deutlich. Zum Abschluss unserer Dialoge fragte ich Karl, ob es noch Themen gäbe, über die er sprechen möchte. Seine Antwort hierzu benötigt keine weitere Erläuterung.

„Du hast schon die richtige Auswahl getroffen und das muss ich nicht einzeln aufführen. Du hilfst mich, mein Leben, mein Wirken aus menschlicher Sicht zu verstehen. Die Qual und den Schmerz, ein Regent zu sein. Doch das gehört zu meiner Vergangenheit. Nun sehe ich voller Freude auf die kommende Zeit. Ich danke dir und bin weiter mit dir in Verbindung. Dein Freund Karl."

Obwohl ich davon ausging, dass mein E-Mailkontakt mit Karl nun beendet sein würde, erreichte mich im März 2015 überraschend doch noch eine Nachricht von ihm. Ich war sehr erfreut, weil noch eine Frage offen stand. Zu gerne wollte ich erfahren, wie er es angestellt hatte, meine Gedanken zu „lesen". Karls Antwort hierzu erstaunte mich.

„Das ist über eine tiefe Verbindung möglich, über die emotionale Basis. Es ist wie eine Partnerschaft, wo man nur fühlt, was der andere denkt, alleine durch die Liebe, die man füreinander empfindet. Es bildet sich dadurch eine Verbindung, die sich energetisch aufbaut wie eine Straße, wo Gedanken ein- und ausgehen. Es gibt sogar einen physikalischen Ausdruck dafür. Ich suche ihn, gebe ihn dir ein."

„Kann es so gewesen sein, dass du meine Gedanken zu dem Zeitpunkt gelesen hast, als ich träumte, dir begegnet zu sein?"

„Ja. So war es", bestätigte Karl.

„Und du kannst auch sonst wahrnehmen, wenn ich an dich denke."

„Ja."

„Dann sprichst du vielleicht von *Telepathie*?"

„Ja. Genau das ist der Ausdruck. Er ist bei dir angekommen", freute sich Karl und nach den Erfahrungen die ich im Laufe des Dialogs mit meinem Urahnen gesammelt hatte, schien es die selbstverständlichste Sache der Welt zu sein.

Auch heute bin ich noch nicht sicher, was ich von Traumbotschaften und Telepathie halten kann. Sicher ist, dass ich inzwischen zahlreiche Stammmütter entdeckt habe. Meine Forschungen dauern an und es wird noch einige Zeit in Anspruch nehmen, bis ich sie abschließen kann. Solange Karl mir behilflich ist, wird es eine leichte und äußerst spannende Arbeit. Und wenn er sich eines Tages auf den Weg in sein neues Leben begibt, so wie er es angekündigt hat, hoffe ich auf weitere Unterstützung aus dieser Dimension, die für mich als menschliches Wesen jenseits allen Verstehens liegt.

Abschließend bat ich Karl, noch einige Worte an unsere Leserinnen und Leser zu richten und fragte ihn, ob er dazu bereit sei.

„Ja. Das möchte ich sehr gerne. Ich wünsche mir, dass die Menschen, die dieses Buch lesen, sich öffnen auch für den Menschen, der ich war und es annehmen, dass auch ein Herrscher, auch wenn er *der Große* genannt wird, mit Ängsten, normalen menschlichen Spektren zu kämpfen hat. Und ich danke jedem, der bereit dazu ist, den Menschen Karl auch sehen und annehmen zu wollen.

Zeitfracht Medien GmbH
Ferdinand-Jühlke-Straße 7
99095 Erfurt, Deutschland
produktsicherheit@kolibri360.de